張綠水

年齡：20

綠洲集團的小少爺。長相出眾，人見人愛，個性天真爛漫，充滿了理想。
腦袋裡常有天馬行空的幻想，卻不敢把自己的幻想告訴周圍的人。

艾利希歐・巴克萊雅

年齡：24

暱稱艾利，他憑藉著一顆聰明的頭腦，跳級進入大學，拜在研究人工生命工程的權威，許博士門下。骨子是一個很固執的人，一旦認定了就會做下去。

與野獸的戀愛學分
子陽
illust. 白夜BYA

Contents

二〇五一年，世界尚未毀滅，極樂世界公司尚未成立。

綠洲集團雖然已經算是前百大企業，但人外有人、天外有天，他們並非沒有競爭者，相反地，就是因為市場競爭激烈、瞬息萬變，綠洲集團也想進軍近年來大家搶著做的領域——人工生命工程。

人工生命工程在學術界大致上可分為兩派，一派研究「靈魂」，即是ＡＩ程式，一派研究「身體」，為人造義體、輔具機甲等。但綠洲集團在這兩塊都沒有稱霸市場的技術，集團內的派系鬥爭也讓研發進展得很不順利。

直到，某個男人出現。

那個男人把綠洲集團推上人工生命工程界的頂峰，讓集團的知名度、營收、股價都在幾年內飆漲，他就是被稱為綠洲集團女婿的男人——艾利希歐．巴克萊雅。

這是，爸爸和媽媽相遇的故事。

第一章

「唔……真的是這裡嗎？」

青年握著自己的小手，像走進叢林裡的小紅帽，不安地看著四周。

這裡不是他會來的街區，到處都是有塗鴉的牆壁和斑駁生鏽的鐵窗，對於縮在角落的流浪漢，他不想帶著歧視的眼光，但對方散發出的危險氣息卻不容忽視。

青年有一頭蜂蜜茶色的柔軟髮絲、俊美的容貌，五官像精雕細琢過的陶瓷娃娃，鼻子高挺、臉很小，他本人對外再三強調很多次，這不是整的。

他就是綠洲集團的第三代繼承人之一，張綠水，今年二十歲。

「值樹，你為什麼要約在這種地方？你還不來接我！」張綠水一邊對手機視訊抱怨，一邊小心不要踩到地上的垃圾，「值樹，你有沒有在聽！」

手機的漂浮螢幕跟在張綠水的左前方，像隨行的小電腦，畫面裡有一個戴著化裝舞會面具的年輕男人，背景音很吵。

『綠水，你到了就來找我，記得換衣服喔！』

「什麼衣服？」

『你到了就知道了。好了，先這樣嘍。』

「喂！」

對方擅自把視訊切斷了，讓張綠水氣得跺腳，可惜對方沒看到。

張綠水照著手機地圖的指示來到一棟廢棄工廠，聽到牆壁後面隱約傳來重低音，他知道裡面一定有一群人在狂歡。但問題是，為什麼要選這種地點？怪陰森的啊。

這一帶平常不會有人來，房子都破破爛爛的，廢棄已久。聽說以前是中小型工廠林立的工業區，但後來產業轉型、設備轉移，又因為種種大人的理由使都市更新不易，整個區域就沒落了。

這一塊街區是爸爸媽媽會叮囑小孩不能靠近的區域，連警察都不想來巡邏，裡面有多少藏汙納垢的事可想而知，但就是因為有陰暗面存在，才容易引起人們的好奇心，尤其是平常閒著無聊，喜歡追求刺激的富三代。

工廠入口的小門站著一位戴著化裝舞會面具的侍者，門外有兩名保鏢。

他們看到張綠水，沒有檢查證件就讓他進去了，因為對綠洲集團的繼承人來說，他這張臉就是門票，沒有一場派對會拒絕他。

「這邊請。」侍者領著張綠水走到更衣室。

換上會露出手臂的白色長袍，戴上精緻的舞會面具，張綠水有了參加派對的實感。

這是……角色扮演之類的嗎？

面具上的白色羽毛可以當作別出心裁的頭飾，繁複的蕾絲花紋增添了一股魅惑感，白色長袍是素面的，而且十分寬鬆，倒有一種反璞歸真的感覺。

『綠水，你換好衣服了嗎？』

「值樹！」綠水調整手機的鏡頭並轉一圈，模樣盡顯於對方眼裡，「為什麼要換衣服？派對主題是什麼啊？」

『你等一下就知道……對了，我朋友都來了，大家都很想見你喔，大家都想跟綠洲集團的繼承人說話。』

「是繼承人之一。」張綠水糾正，嘴唇也微微噘了起來。

『都一樣啦！你換好就快點出來，我在大廳等你。』

「喔……喂！等等……怎麼掛斷了？每次都不跟我把話講清楚……」

張綠水稍微埋怨，但也是稍微而已。

植樹是他的男朋友，兩人才交往不到一個月，可能還有很多不了解的地方。但這種講完話就自己掛斷，只傳一個時間地點就要他到場，好像把他當作呼之即來、揮之即去的人一樣的行為，讓張綠水心裡有點悶悶的。

張綠水把漂浮螢幕滑開，將薄薄一張像名片的手機收進口袋，跟著侍者走出更衣室。

「那麼，請好好享受。」

侍者將張綠水帶到通往會場的通道前面，就鞠躬離開了。

通道是一條由彩燈串起的走廊，天花板上搭著棚架，垂下真正的紫藤花。花穗和朦朧的彩燈搭配起來宛如紫色的迷幻瀑布，空氣中也傳來淡淡的神祕香味，讓人還沒開始喝酒就有一種微醺感。

光是這條通道，就讓張綠水忘了自己身在廢棄工廠，因為紫藤花原本都是長在室外，就像「樹」一樣高。如今花被移到室內，並不是基因改良過的品種，而是將室外的花經過人工採摘下來、放到棚架上。如此費工的裝飾，也只有不怕花錢的人辦得到了。

穿過紫藤花通道，走進大廳又是另一種風景。

牆壁上保留著難以名狀的塗鴉，工廠內部的機器設備都搬走了，剩下一個空殼，被裝飾得像鬼屋。到處都是白色蠟燭，但不會讓張綠水覺得可怕，反倒有種莊嚴肅穆的感覺。大廳裡擺放著很多盆繡球花，花叢的高度和寬度都提供了掩蔽性，使人看不到那些斜躺在貴妃椅上的男男女女在做什麼。

張綠水拿了一杯香檳，既欣賞室內的裝飾也欣賞室內的人們，但他發現，自己被別人看的成分比較多。

他從小就是這樣，只要他往前一站，就像有聚光燈自動打在他身上，不管他有沒有綠洲集團的招牌、不管是不是富三代，他還沒自報家門，天生麗質的美貌和修長優雅的身姿就足以擄獲人心。

無袖的白色長袍在腋下的開口很大，因此只要把手臂舉起來或者動作稍微大一點，前後兩片布料就像夾心餅乾，裡面的餡一下子就露出來了，或許這也是原因之一……

張綠水喝了一口香檳，在他吞嚥的時候，注視著他的男人們也吞了一口口水。

他環顧四周，大家都是成雙成對的，讓他不免覺得有些寂寞。他的男友在哪裡呢？

「綠水！」

一個戴著舞會面具、穿著黑色燕尾服的男人拍了一下張綠水的肩膀。

「你穿這樣真可愛。」

「啊……是嗎？」

張綠水正覺得手臂有點涼涼的，在這麼多人面前，他覺得還是穿全身包緊緊的燕尾服比較好，但他不知道侍者為什麼準備了這套衣服。

現場大概有一半的人穿白色長袍，一半的人穿燕尾服，不知道挑選的標準是什麼？

「綠水，我跟你介紹，他們都是跟我們同一所大學的學長，這位剛從國外回來……」

所有人都戴著舞會面具，雖然面具只有遮住眼睛的部分，一個人的臉從鼻子以下和眼神還是能辨認出來，但這些人在張綠水眼中都是同一個樣子，他不是很有興趣。

「而這位，你們現在看到的美人，就是綠洲集團的第三代繼承人，張綠水。」值樹如此介紹。

「是之一啦，之一！我上面還有哥哥姊姊，綠洲集團以後又不是我一個人的。」張綠水總是會補充說明。

其實不管值樹講什麼，張綠水都覺得像蚊子在嗡嗡叫，因為他不想跟這些張三李四握手寒暄，只想找個安靜的地方跟男友獨處。這場派對，如果不是值樹叫他來，他是不會來的，而值樹也沒有給他太多選擇，臨時傳個訊息就要他出發了。

「綠洲集團？是做什麼的啊？綠洲集團……？」燕尾服男A思索著。

「啊，我知道！是賣電腦對不對？」燕尾服男B突然拍手。

「不是啦，綠洲集團就是萬惡的軍火商啊！他們跟遠山空軍基地……哈哈，這是機密對不對？」燕尾服男C笑著說。

「原來是軍火商喔，可是軍火商應該很有錢也很有名，我怎麼沒聽說過？」

「不是啦，他們是承包商，做電腦設備的，槍不是他們在賣啦！」

「原來是賣電腦的喔！」

——賣個頭啦！

張綠水很想這樣吼出聲，但他忍住了。

老實說，他也不知道綠洲集團在賣什麼，但都已經做到「集團」了，還讓人搞不清楚事業體是什麼也算是一種才能。

從字面上來說，綠洲集團既然是「集團」，表示旗下有很多子公司，這些子公司會分布在不同領域，包括軍火、電腦等等，可能都有涉獵。再者，綠洲集團都傳承三代了，累積的財富自然不可小覷，但它始終沒有一個標誌性產品，所以即使是一間大公司，還是有人搞不清楚它是做什麼的。

好像什麼都做，又好像什麼都沒做，但公司就是大到不會倒，這就是綠洲集團的狀況。

「反正不管什麼集團，只要是值樹介紹的，對我們雙方一定都有利。」燕尾服男A的手搭上了張綠水的背。

「咦？有利？」張綠水眨眨眼，很是不解。

陌生男人的手掌隔著輕薄的布料碰到他的身體，讓他有點不舒服。

「你在說什麼呢？」張綠水笑笑的，故意往前走一步，讓自己的身體離開對方的掌心，「值樹……」

「你就放心跟我們玩吧！」燕尾服男B越過男A的手，摟抱著張綠水的肩膀，「我們會好好『服務』你的。」

「我聽不懂你的意思……」

張綠水動動肩膀，繞過對方的手臂。他本來想往自己的男朋友靠過去，沒想到燕尾服男C直接獻上他的胸膛，害張綠水差點撞到。

「反正不會有壞處的，你好、我們也好，大家開開心心的，不是最好了嗎？」男人說罷，就要挑起張綠水的下頷，但張綠水果斷拍開對方的手。

「你好像誤會了。」

「誤會什麼？」

「我已經有伴了。」張綠水走到值樹身旁，挽起值樹的手臂。

畢竟他們才在一起不到一個月，對各自的朋友圈都不熟，值樹又是不喜歡長篇大論的人，沒有事先把自己介紹給他的朋友們也是情有可原。

「啊，是我沒跟你說清楚。抱歉啊，綠水。」值樹的表情卻一點也不像感到抱歉，「在這裡，穿西裝的代表丈夫，穿白衣的代表妻子，丈夫可以隨意找妻子做愛，不限人數喔。」

「什麼？」張綠水懷疑自己有沒有聽錯，「你剛剛說什麼？丈夫……妻子？」

「過程中大家都會保密，不可以偷拍。你剛進來的時候沒有被沒收手機，是因為那是給你的特殊待遇，不然一般的參加者都是要上繳手機的。我也有留著手機，這樣才有辦法跟你聯絡，但是如果我有偷拍的嫌疑，這裡的人馬上就會舉報我，我不會做出那種對自己沒好處的事的。」

張綠水被驚呆了，「你在……說什麼啊？這……這是什麼奇怪的派對？」

「類似，換妻……之類的吧？」

「換妻？」

張綠水的整張臉僵掉，這一切已經超乎他的想像了。

在張綠水的認知裡，今天是男友找他來參加派對。雖然他的意願不高，本以為是一種社交場合，他只要跟大家打打招呼就好。他不想讓男友沒面子，畢竟他們才剛交往不到一個月，還有很多地方要磨合，但怎麼就變成換妻俱樂部了？這太跳 Tone 了吧？

他跟男友連初體驗都還沒有，男友就要把他換給別人了？

他不懂這個邏輯！

「等等，值樹，你為什麼要找我來參加這個奇怪的派對？是我誤會什麼了嗎？」張綠水偶然瞥見繡球花叢後面，好像有穿著燕尾服和白色長袍的人倆倆抱在一起。

「這哪是奇怪的派對？大家都跟我們一樣，是上流階層或社會菁英，你不用怕會染上奇怪的東西。」值樹笑著說。

張綠水可笑不出來，「重點不在那裡！」

「你為什麼反應這麼大？」

雖然戴著面具，但值樹也是個高高瘦瘦的清秀男生，家世不錯，祖上是開銀行的，如今已經轉型為大型金融控股公司，跟張綠水算是門當戶對。

但張綠水就是覺得哪裡不對！

「值樹，我是你男友，是你應該細心呵護的對象，你怎麼能把我騙來換妻亂交派對，還想把我送給其他人？」

「我哪是把你送給其他人？你也會被別人好好服務。雖然他們口中說不知道綠洲集團是幹嘛的，但那是他們沒眼光。你都能進到這種場所了，自然不是普通人，討你歡心總是不會有壞處。」

「討我歡心？」張綠水挑眉，周身的溫度驟然下降，「這叫討我歡心？」

「你不是……喜歡嗎？」

「我怎麼會喜歡這種事？」

張綠水握緊起拳頭。他覺得自己修養很好，沒有直接朝值樹那笑咪咪的臉揍下去，他以前都不這麼覺得，但現在突然有一口氣悶在胸中，都快害他得內傷了！

「因為……」值樹想了一下，不知道是真的在思考還是故意停頓，「你不是換男友跟換衣服一樣頻繁的張綠水嗎？」

「什麼……」張綠水怔了一下，彷彿不可置信似的皺起柳眉。

「我早就聽過你的傳聞了。綠洲集團的繼承人少爺，只要跟你告白或提出交往，都來者不拒——雖然你還是會挑的啦，我不相信有人不會挑。不過，至少跟你交往過的不是名門就是小開，想接近你的人都會有自知之明，要配得上你啊！」

值樹越說，張綠水越生氣。

那大言不慚的樣子算什麼？以為自己站在正義的一方嗎？

——你以為你很了解我嗎？

「我要跟你分手。」張綠水瞪著值樹，惡狠狠地丟下一句。

「咦？為什麼？」

男人渾然不覺得自己哪裡做錯了，讓張綠水更火大。

「還敢問為什麼……」

「綠水，我有哪裡對不起你嗎？沒有事先告知你派對的主題是我的疏忽，但你不是也很愛玩嗎？我想見識一下到底要多少個男人才能滿足你啊！」

值樹想摟上張綠水，但張綠水先一步把他的手拍開。

「我說了，我要跟你分手，不要隨便碰我。」

張綠水順便瞪了所謂的「朋友們」一眼，之後那些男人都自討沒趣地離開了。

值樹臉色一沈，拉住張綠水的手臂，壓低聲音：「你不要耍任性好不好？這樣會害我很沒面子。」

「你在乎的是面子嗎？我真是錯看你了！」張綠水不想跟他廢話，但值樹硬拉住他。

「你有什麼不滿意的？」

「放開我。」張綠水暫且也壓低聲音，不想引起其他人的關注。

「你一定要在這裡讓我難堪嗎？你大聲嚷嚷著要分手是什麼意思？要不要跟你分手是由我決定的，輪不到你！」

「你怎麼可以說這種話？」

「綠水，你不要再裝清純了，雖然你那個樣子也很可愛，但你跟我明明就是同一類人，我們都不會只滿足於一個人的目光啊。」

「誰跟你這種噁心的智障是同一類人？你抓得我很痛，放開我！」

張綠水的手臂都被捏紅了，他想甩開對方，但對方藉著力氣比他大，硬是又把他拉回來。

「我告訴你，我很不喜歡你的態度……」

「我們都已經分手了，不用你喜歡。」張綠水不甘示弱。

力氣比不過人家，至少在氣勢上不能輸人。對方瞪他，他就瞪回去，對方嗆他，他更要加倍奉還！

……理想上是這樣，但實際上，張綠水也不確定自己有沒有靠一張嘴就能把值樹嗆倒的功力。況且這個場合實在太驚人了，很多姿勢都是張綠水沒嘗試過的，一個人做不起來，兩個人也太少。張綠水就看到繡球花叢下有六男一女，而其中一個男生是扮演女方的角色，所以算是四男兩女。

不對，現在不是計算人數的時候！

「你給我放開……放開！」

值樹不僅不鬆手，他還摟住張綠水的腰，把張綠水整個人帶進他懷裡，兩個人像跳舞一樣面對面貼在一起。

張綠水此刻只覺得雞皮疙瘩掉滿地，一點也不想跟這個男人再有肢體接觸。

「姚值樹！」

「老老實實地承認你是什麼樣的人不好嗎？」

「我沒有帶伴侶跟一堆陌生人亂搞的興趣。」

「都有那麼多人上過你了，有差嗎？」

「放手！」

張綠水忍無可忍，終於大吼出聲。

雖然有音樂聲掩蓋，但場內還是有許多人注意到好像有人在吵架，因而朝他們看過來。

值樹的眼神冷冽，張綠水也知道這下子一定會有流言傳開來，但他認為自己沒錯，錯就錯在他沒有看人的眼光，老是遇到渣男。

突然，有隻手抓住值樹的肩膀。

那是一隻金屬做的手，值樹還來不及回頭，就有一股強大的拉力讓他往後跌，他抓著張綠水的手也因此鬆開。

這下子，所有人的目光都朝那位不速之客看去。

那是一個穿著侍者制服、戴著舞會面具和口罩的男人，因為他的臉被雙重障礙物擋住，沒有人知道他長什麼樣子，但他身上披著一層有金屬光澤的透明鎧甲，幾顆像金探子的小球在他身邊以固定軌道飛行。

男人的雙手套著感應器，操控兩隻飛出去的鋼鐵手臂。其中一隻就是把值樹拉開的金屬手，另一隻則飄浮在他自己身旁，隨時準備應戰。

這是……鋼●人嗎？透明版？

張綠水看呆了。

值樹從地上爬起來，搞不清楚這是怎麼回事，但眼前這個人很明顯是入侵者，不過這是私人派對，這是不被允許的！於是他大叫：「保鏢！」

幾名壯漢跑過來，繡球花叢下的賓客們被嚇跑了，ＤＪ還渾然忘我地放著音樂，沒注意到場內發生了什麼事。

口罩男跟保鏢打了起來。

口罩男控制兩隻金屬手臂在場內飛來飛去，意圖混淆敵方視聽，保鏢則拿著伸縮警棍，附帶電擊功能。他們朝飛過來的手臂打下去，意外地讓金屬手臂觸電後掉下來，像一個沈重的垃圾，躺在地板上不動了。

保鏢愣了一下，他們沒想到金屬手臂這麼好對付。口罩男也愣住了，大概也沒想到金屬手臂會這麼脆弱，簡直華而不實。

失去對金屬手臂的控制，口罩男明顯慌了，雙手在空中比來比去，看起來十分滑稽。保鏢步步朝他逼近時，他毅然決然地放棄雙手的控制器，轉以滑壘的姿態抄起一條金屬手臂，隨便一揮，正中一個保鏢的下體。

「啊！」

一聲慘叫響起，不知道有沒有職災保險。

剩下的保鏢又愣住，沒想到口罩男出手這麼狠。同時口罩男也愣了，他沒想到這角度會那麼剛好。

既然已經幹掉一個了，就不能放過其他人——彷彿秉持著這樣的信念，口罩男把金屬手臂當作武器，雙手抓著它亂揮。

保鏢們都不想跟口罩男打，因為沒人能預料到他接下來會出什麼招，他們也沒有那些看起來很酷炫的高科技裝備，但無奈這是工作……

突然，金屬手臂亮起信號連接的綠燈，口罩男立刻改用雙手的控制器，像魔術師表演飄浮術一樣。只見他雙手平舉，金屬手臂也飄起……

就在保鏢們準備好電擊警棍的時候，兩隻金屬手臂突然以風速往前飛，保鏢們抱頭滾到一旁。不過金屬手臂並非把他們當作敵人，而是像兩根大鐵鎚撞破工廠的牆壁，害更多人尖叫逃竄。

「來。」口罩男對張綠水做了個「請」的手勢。

張綠水傻眼到不行。他跟這個怪人素昧平生，為什麼他要跟他說話？他們一點關係都沒有啊！

「你不是不想待在這裡嗎？」

口罩男的嗓音低沈而有磁性。不知道是本來就這樣還是戴著口罩的關係，但他說中了張綠水的心聲。

見張綠水還不行動，而保鏢已經站起來要抓人了，口罩男心一橫，控制兩隻金屬手臂把張綠水打橫抱起，往那面破洞的牆衝過去。

「咦……這到底……怎麼回事？」

現在是從換妻俱樂部跳到被綁架嗎？能不能不要同時發生這麼多事情？

他才剛跟男友分手耶！

「你你你是誰？呀啊啊啊～～～～」

白色長袍的下襬飄起來，一雙白皙的腿洩漏出來。張綠水發現口罩男在偷看……

「看什麼看！你要把我帶去哪裡？放我下來！我還沒換衣服啊啊啊啊！」

口罩男帶張綠水跑出廢棄工廠後，在一個破舊的路燈底下，金屬手臂亮起了低電量的符號，口罩男只好把人放下。

◆

張綠水本以為自己會被帶到什麼陰暗小巷，或是被綁到荒郊野外，而男人的下一步就是跟他的家人要贖金，但口罩男看到他冷得發抖，就脫下侍者制服的西裝外套披到他身上。

張綠水不懂了，這不是綁架嗎？

「你是誰？為什麼要……」為什麼要為了我跟值樹打起來？

不，其實說到底不是「跟值樹打起來」，這個人只是把值樹拉開，值樹就沒戰鬥力了。

想起前男友，張綠水就覺得鞋底好像踩到了髒東西，心裡有點厭惡。

「呃……我……呃……」口罩男支吾其詞，不敢直視張綠水的眼睛，「那個……我送你回家──不是，我怎麼敢藉口說要送你回家，好知道你家在哪裡呢？──我送你去搭車！」

「你的OS我聽見了喔。」

「你聽錯了！」口罩男還想否認。

張綠水用脅迫的眼神看對方。他挑挑眉，口罩男就馬上屈服在他的眼神之下了。

「是，對不起，我是想送你回家，但是你一定不會答應我的。被一個來路不明的男人搭訕，你的感覺一定很差，可是你一個人在這一帶遊蕩很危險，這邊有很多壞人，我說的是真的！」

他的聲音悶在口罩底下，讓張綠水很想揭開對方的真面目，以致於他的說教聽起來都像玩笑，使張綠水全都當作耳邊風。

口罩男大概也知道張綠水不是他隨便講講就能說服的對象，那也不是他講這番話的目的，但張綠水一直看著他，讓他很不好意思。

「那個……不是我要說你，我真的沒有要講閒話的意思，大家都是成年人了，做什麼事是個人的自由，但是……你如果不喜歡那種地方，可以不要再去了嗎？」

「什麼？」張綠水這才回過神來。

方才他一直在想，這個口罩男同時戴著舞會面具和口罩，話又那麼多，講得那麼快，他不會喘嗎？

「呃，我是說……」口罩男看到張綠水天真無邪的表情，不禁頓了頓。是在思考還是為了什麼停頓，只有他自己知道。「我是說，你不喜歡去的地方就不要去，不喜歡做的事情就不要做，你是有很多選擇的人，不需要委屈自己……」

「你說派對的事嗎？」張綠水雙手抱胸，豎起防備，「我事先不知道那裡會……那樣，我以為就是普通朋友喝喝酒、聊聊天而已。倒是你，你是誰啊？為什麼會出現在那裡？」

「呃……我……我去打工……」

「啊？」張綠水挑眉，擺明了不相信，「打工仔會有高科技武器？你騙誰啊？」

「也沒多高科技……」口罩男撿起因為沒電而掉在地上的金屬手臂，像抱著寶寶一樣將兩條手臂抱在懷裡，「這本來要用做勞力取代，但是成本太高，還有電池電量的問題，我看是不可能進到下一步的研發了，又一個試驗品要廢棄了。但是，今天倒是給了我一個很好的測試機會……」

口罩男注意到張綠水的眼神，好像把他當怪人，他就不敢再說下去了。

「時間不早了，你要不要先回家？」口罩男靦腆地問。

張綠水身上只有一套白袍長袍，肩膀上披著西裝外套，黑與白在他身上形成強烈的對比色，也彰顯出他出類拔萃的美貌與性格。

口罩男低下了頭，好像無地自容。

「我是想回家，但我的衣服還在那裡。」張綠水道。

「呃……」口罩男回頭看了一眼。

雖說後面沒有追兵，但如果現在又回去廢棄工廠，肯定會被抓起來。

「哼，我就知道你沒辦法處理。」

張綠水拿出手機，搜尋派對的主辦單位。像那種能在特殊地點建構出特別裝潢的一定是專業的派對公司，普通人要跟朋友聊天、喝酒是不會去摘紫藤花的。

「對、對不起……」

「算了，我回去。」張綠水說罷就想走。

「等等！」口罩男連忙叫住他，「我去幫你拿衣服，你在這邊等我——不對，這裡還是不安全，我先把你送到安全的地方，再回去幫你拿衣服！」

「你知道那邊都是有錢人嗎？」

「我知道……」

「你現在回去的話，正好會被抓起來。他們應該有人是律師、大老闆，雖然不置於對你動粗，但要告你毀損建物或私闖民宅，趁機向你求償一大筆錢，讓你一輩子背負債務、從此翻不了身還是做得到的。」

「你好厲害……連這些都想得到……」口罩男看起來就是沒想那麼多。

張綠水都不知道要嘲笑還是同情了，「你什麼計畫都沒有，就想當英雄嗎？當自己真的是鋼[redacted]人啊……」

「對不起。」口罩男老實道歉，低頭向張綠水鞠躬。

對方都這種態度了，張綠水也不好繼續責備下去。

張綠水打量著口罩男，雖然看不到對方的長相，但這個人長得很高，頭髮乾乾淨淨的，倒也不會讓人討厭。

話說，那套機甲是可以伸縮變形的嗎？除了兩條金屬手臂，其他的部分都可以藏在衣服裡面。張綠水還以為這種技術只會在電影裡出現，沒想到現實中真的有人發明，現在的打工仔還真是臥虎藏龍。

「讓你送我回家也不是不可以。」

「真的嗎？」口罩男抬起頭，眼神瞬間亮了起來。

「還是送我去搭車好了。」

「那也可以！啊，可是這個沒電了，沒辦法抱你，可能要麻煩你自己走了。」口罩男眼裡有一瞬間的失望。

「你把我當成什麼了？我的腳還是會踩在地上的，我剛剛就是自己走進來的。」張綠水語帶自豪。

「走進這個街區嗎？」

「對啊。」

「這裡晚上真的不安全，你以後不要再來了。」

「哼……」他以後也不想來。

「我是說真的，這一帶是連黑幫都放棄的地方。如果有黑幫進駐的話，至少還會有酒店、舞廳之類的，那會帶動附近的小吃店發展。但這裡只剩下老人、遊民、吸毒者或是逃犯……」
口罩男邊走邊說，語氣間有著一絲惋惜。
「你對這一帶很熟嗎？」
張綠水單純感到好奇。
「呃、不……不……」口罩男連聲否認，「我怎麼會熟呢？我又不住這裡……」
「……」
張綠水沒再多問。口罩男送張綠水到大馬路搭計程車，之後目送著車子遠行，直到看不到車尾燈。

第二章

泡了個舒服的熱水澡後，張綠水擦乾身體，喝下一杯清涼果汁，不穿衣服就躺臥在床上。

這樣才是最舒服的，衣服什麼的不過是束縛而已。

他放空了一會兒，忽然想起今天發生了好多事。

首先是跟男朋友分手了……不對，在分手之前，那個派對很可疑又很危險！還遇到一個穿鋼●人機甲的口罩男。

話說回來，有人把高科技武器藏在制服裡，那個派對主辦公司到底有沒有在過濾打工仔的來歷啊……真是的……

思緒越想越亂七八糟，但是也多虧了那亡命鴛鴦似的逃跑，讓他把「分手」暫時拋到了腦後。

其實，值樹這個人不壞。張綠水到現在還相信對方不是壞人，只是兩個人的「興趣」不合罷了。

他跟值樹是在一場派對上認識的。那是非常正經的派對，出席者都是上流社會或高社經地位的人，大家都穿著晚宴西裝或晚禮服，派對的主題……好像是為了什麼募款……反正張綠水早就忘了。

值樹由於自家的金融產業背景，對投資非常有心得，他在一群富三代之間侃侃而談，很快就吸引了張綠水的目光。相較於張綠水這種連自家公司在賣什麼都搞不清楚的小少爺，值樹的知識、經驗都比他高出一大截，讓張綠水打從心底欽佩。

而值樹也在一群富三代中注意到張綠水，因為他知道綠洲集團與他家有業務往來。不知道是這個業務往來的關係，還是張綠水的美貌或其他種種大人的理由，值樹主動與張綠水攀談。在知道彼此都是大學生，還就讀同一所學校的時候，緣分不可言喻地產生了。

值樹的年紀比張綠水大，是學長，張綠水也很享受被當成一個什麼都不懂的弟弟，因為那會有種受到呵護的感覺。

午餐會有人買好，報告不會寫會有人幫忙，早上會有人傳訊息叫你起床，睡前會有人說晚安，那種感覺很舒服啊！就像呼吸一樣理所當然。自己什麼都不用想，也不會覺得累，值樹曾經就是這麼細心地照顧著他。

但現在回想起來，他們之間好像沒有「告白」，是值樹問要不要交往，他就答應了。

那他為什麼會答應呢？

應該問，為什麼不答應？

值樹的條件好、人很好，而且在交往的過程中可以認識一個人，所以交往也不用從告白開始，只要兩個人覺得「ＯＫ」就可以開始了。

交往之後可以做很多事，像是牽手、擁抱。兩個人的肢體距離縮短了，空間距離也不能讓第三者介入，所以像「誰誰誰有事找我、我跟誰有約了、某某人比較重要」這種話是絕對不能出現的，必須把對方放在最優先的位置，兩人之間會維持一種「你屬於我、我屬於你」的關係。

當這種關係確立之後，一個人將不再是一個人，而是一個人加上另一個人。不過這時候也不是數字上的「1＋1＝2」，而是「1 Plus」的感覺，張綠水很喜歡那種感覺。

但是現在回想起來，他連蜜月旅行要去哪裡都想好了，值樹卻沒跟他說過「我愛你」。雖然分手是一件讓人難過的事，但一想到這點，張綠水又覺得好像沒那麼難過了。

感到有點冷了，張綠水穿上睡衣，一邊把手機打開來看。

不開還好，一開馬上有一堆訊息跳出來，一則又一則，幾乎快把透明螢幕塞爆了。

張綠水還沒把訊息全部點開，光看到前兩行字就躺不住了。

「『他午餐都不會自己買、出門不知道要帶錢、報告不會自己寫，每次都賄賂教授才過關』——我哪有做那種事！」

「這……這是什麼啊！」

張綠水唸出留言，腦袋突然不能思考了，他搞不清楚這是怎麼回事。

「這什麼……『我看他經常跟男人眉來眼去，他就是會誘騙人家替他做事，不管男女都一樣。不要看他裝得像一隻小白兔，他根本就是幕後的大魔王』……這是誰寫的？我有那麼聰明嗎？」

要誘騙某人替自己做事是要有一點聰明才智的，張綠水都不知道自己有那種能力。

「這篇是怎麼回事？怎麼有那麼多人按讚……『他仗著綠洲集團的財力，欺負比他弱勢的同學，以為是清新脫俗又不做作的人，結果根本是妖豔賤貨』——你才賤貨！」張綠水對著螢幕大吼，吼完又搥了搥棉被。

他不甘心，為什麼他要平白無故承受指責？

「我看看，還有呢？『原來他是這樣的人』、『有錢就會作妖』、『妖豔賤貨』、『妖豔賤貨』、『妖豔賤貨』……啊啊啊啊！」

網路上突然出現一堆罵他的言論。有人還算有同情心，會問他「怎麼了」、「還好嗎」、「怎麼會這樣」、「是不是有什麼誤會」，但那些都不是張綠水想看的，他把無關緊要的訊息滑掉，在文字與照片的渾水中找到了始作俑者。

「原來是你……」

張綠水握緊拳頭。如果他手上握著一顆蛋，一定會把它捏爆。

「姚……值……樹！」

各位，我要跟你們說一個不幸的消息，我跟綠水分手了。我所愛慕的綠水是一個天真善良的人，但這樣的愛情似乎只存在於我的幻想中，事實上，經過這些日子以來的相處，我真的搞不定綠水的脾氣。他忽冷忽熱，有時候沒有主見，有時候又固執得不像話，我盡我最大的努力去了解他、愛護他，但可能我還是有做不好的地方，他始終對我不滿意，於是我想，不如讓你去找一個更能讓你滿意的人吧！我不是那個人，我感到很遺憾，但我希望你幸福，所以我選擇放手。

「啊啊啊啊啊！」

張綠水一拳打在床上，如果他有超能力的話，此刻一定會把牆壁、天花板都炸爛。

他確實跟很多人交往過，但他們都沒有像這傢伙一樣惡人先告狀！

張綠水把漂浮螢幕拉到自己面前，他也要來爆料……

但手停在半空中，不知道要輸入什麼才好。

算了啦，他心想。

如果他把派對的事抖出來，就如同他跟口罩男說的，那邊有很多上流社會的人，這些人如果被拖下水，那他也不會輕易被放過。

上流社會就像共犯集團——你知道我的祕密，我也知道你的——如果大家都不說，那就相安無事，互相牽制，彼此還能一起合作，互相掩飾。但如果有一個人爆出來，就會打破這微妙的平衡，鬥爭就要開始了。

所以想想，還是算了。張綠水不想跟派對上的其他賓客為敵，況且……

他必須相信值樹不是壞人。

如果不是這樣，那為他買過的午餐、至今還沒刪掉的問候訊息、兩人相處過的愉快時光都會化為泡影。

值樹知道他不是一個善於思考的人，對複雜的事情也沒興趣，腦細胞用來解謎什麼的是他這輩子都不可能做到的事，所以他為他準備好午餐、叫他起床，在他聽不懂教授在講什麼的時候，對他說「我認識這堂課的教授，我可以跟他說一下，讓他不要對你太嚴格」，他馬上就相信了。

然後，就默默喜歡上了。

張綠水打開手機鏡頭，躺在床上，對著透明螢幕擺姿勢。

他眨眨眼，做出委屈的表情，最後乾脆把上衣脫掉，胸口蓋著棉被，小露香肩。

美人梨花帶淚，媚眼婆娑，附上動態：**你們覺得我是會做出那種事的人嗎？真是太過分了！都不給我解釋的機會……分手有誰不難過的嗎……嗚嗚嗚……**

瞬間引來一堆愛心一堆讚。

『綠水不要難過了！』

『你當然不是那樣的人！』

『那是網軍，不要理他們就好！』

『你對同學很好啊，你是真心的，你才不會利用人！』

「對吧？我才沒有那麼聰明。」張綠水看著留言，自言自語，「你們都還沒睡嗎……分手了，我睡不著……但還是要讓自己努力睡著……大家晚安……」張綠水把字輸進留言框裡。

看到這麼多「朋友」站在自己這邊，張綠水的心情又好起來了。

◆

張綠水睡得正香，太陽被阻隔在防曬窗簾外，突然一連串急促的敲門聲把他吵醒。

「張綠水！你不用去上課嗎？綠水！」

張綠水睡眼惺忪地看到闖進他房間的人，一把用棉被蓋住頭。還好他有穿褲子。

「爸，你幹嘛啦？」

「都中午了還在睡，你今天不用上課嗎？」

「我要不要上課關你屁事……你才是，你不用上班嗎？」

自從爸爸把工作交接給大哥後，他進辦公室的時間就少了，有時候一整天都待在家裡，像過著半退休生活，讓張綠水覺得很煩。

張綠水已經多次表達出想搬出去的意願了，但爸媽不准，說豪宅裡空房間很多，空房間如果太多，表示這家裡人煙稀少，對風水不好，會影響生意的。再者，大哥還住在家裡，你這小弟搬什麼搬？

所幸因為家裡很大，所以即使彼此的生活作息不一樣也不太會起爭執，但張父有時候心血來潮就會管一下張綠水在做什麼，畢竟學費還是他在繳。

「爸，你走開啦！我昨天很晚睡，還想再睡一下！」張綠水從棉被裡伸出一隻手，像在趕蚊子。

張父只能嘆氣，「你能不能像你哥哥姊姊那樣，一早就起來上班上學？全家就只有你還在睡覺！」

「哥哥起來上班是因為他是綠洲集團的總經理，他不起來是想被股東罵到死嗎？姊姊在國外留學，你以為她就不會睡到中午？」

「張綠水！」

「我想睡啦，你走開……」

「你你你……你不要害我血壓又升高，我要去吃藥了！」

「那你就不要來管我嘛……真是的，什麼都怪我……」張綠水滿腹委屈，勉強爬起來把門關上，又躺回床上。

他睡了一會兒，直到睡不著了才起床。

一邊吃著傭人準備的早午餐，張綠水翹著一頭亂髮，頭上有一搓壓不下去的呆毛，但他不在意，穿著睡衣邊吃邊滑手機。

突然，大哥打來視訊。

『你又惹爸爸生氣了？』

「你要幹嘛？」

張綠水的口氣很不耐煩。在家人面前不用裝模作樣是他的底線，如果在家裡也要裝出溫良恭儉讓的樣子，他會受不了的。

『綠水，我這邊有一個案子很適合你，你也該學著分擔家裡的工作了。』

「……」家裡的……

張綠水把太陽蛋戳爛。

『爸爸一早起來就是要告訴你這件事，但你睡到中午，他又不好意思吵你，最後還是叫我出面。』

「他已經把我吵醒了……」

『你說什麼？』

漂浮螢幕裡有一個穿著三件式西裝的男人。他的頭髮梳得一絲不苟，前額沒有落下一縷髮絲。他戴著無框眼鏡，給人溫文爾雅的氣質，彷彿他不是在商場上運籌帷幄的大老闆，而是學院裡的教授。

但張綠水知道，這個男人會用他學過的知識來對付敵人，而且絕不手軟。

他就是綠洲集團新上任的總經理，張景瀾。

張景瀾一挑眉，張綠水只能囁嚅了聲：「沒事……」

某種程度上來說，張綠水很羨慕張景瀾這樣的人，因為張景瀾做什麼都很強，從以前就成績好、運動細胞好，長得帥又受人景仰，不知道他什麼時候睡覺，但他總是可以提前到教室或辦公室。

張景瀾就是「霸道總裁愛上我」裡的那個總裁，而他則是只有臉好看的封面插圖，大家喜歡他是因為他長得漂亮，而不是想閱讀他的故事。所以面對有人想了解他、想跟他交往，張綠水根本拒絕不了。

『我把資料傳給你，你收一下檔案。』張景瀾敲了敲桌上電腦的鍵盤，不久，張綠水的手機就顯示出通知。

「嗯，有了。」

『你記得去跟人家打一下招呼。』

「誰啊？」張綠水最討厭有人沒頭沒腦地叫他做事了，當他會通靈嗎？

『你把檔案打開來看就知道了。』
「你以為我看得懂嗎？」
『只要你不是文盲，你就看得懂。』
「照你這麼說，那會拿筆的人也考得上哈佛嗎？」
『……』張景瀾辯不過張綠水，以沈默代替投降，並嘆了一口氣，『綠水，你以後也會在公司上班，現在先了解公司業務不是壞事。』
「你們根本不需要我吧？」
兩人講到現在，臉上都有些不悅。
張景瀾自認不是一個心思細膩的人，他搞不懂張綠水在想什麼。他跟張綠水不一樣，他很清楚地知道自己的目標，也找得到方法去接近目標，所以當他看到張綠水無所事事的樣子，只覺得這種人只是不夠努力而已。
他費盡心思給張綠水機會，如果張綠水還不識相，他認為自己很有資格失望。
『綠水，你應該知道我們集團在人工生命工程領域已經籌備很久了，但一直沒有突破。這次透過產學合作計畫，我們邀請了T大的許筑坤教授，他是研究「身體」的專家，你去跟人家打聲招呼，要有禮貌。』
「人工什麼的……我哪懂那些東西？」

T大是張綠水就讀的大學，但他不是念人工生命工程相關的，對那些書呆子也沒興趣。

張景瀾也不是念人工生命工程的，但他知道這會在未來帶來利潤，綠洲集團不做就會輸人家一大截，『你只要把人的事情處理好就好。』

「人的事情才是最難的……」

『許教授也在T大，剛好給了你一個機會。你如果可以成為這項計畫的主導者，對你以後進公司會很有幫助，別人就不會把你當成空降部隊或……胸大無腦的花瓶。』

「……」

張綠水低頭看了一眼自己的胸口，明明就是平的。

『先這樣，我要去開會了。』張景瀾原本要掛斷視訊，卻又突然想起什麼，『對了，你晚上不要太晚回來，媽會擔心。』

「我都已經成年了。」

張綠水就不相信大哥在外面沒幾個可以讓他「身心愉悅」的對象。

『你要當爸媽的寶貝兒子、我們全家最寶貝的小弟弟，你就要當得像一點。』

「哥，你可以借我你的公關團隊嗎？」

『你要幹嘛？』張景瀾馬上問。

「借我就是了。」

『我問你要幹嘛？』

「借我啦！」

『你先跟我說你要幹嘛。』

「吼！」張綠水切斷視訊，不想浪費口舌。

他起床的時候有稍微看一下社群平台上的留言，但留言數差不多都停下來了，表示值樹沒有再進一步攻擊。

值樹發完那篇文後，底下馬上有人附和說張綠水怎樣怎樣，一定是有人在帶風向。張綠水要動用資源去把留言洗掉也不是不可以，但這樣就會被大哥或「長輩」知道。

雖然值樹的行為很令人不恥，但就結果來說，都還在小孩子小打小鬧的階段，兩家的長輩是不會管這種事的。但如果值樹做得太超過或張綠水有意報復，而讓長輩介入，那就會變成全面開戰了。

張綠水不想讓家人知道他的交友狀況，所以這件事就讓它過去吧！反正他跟值樹都分手了。

張綠水拍了幾張食物照，即使吃到一半，還是有很多人按讚，他的心情好多了。他把大哥傳來的文件拋到腦後，根本沒想過要打開它，直到星期天全家一起吃晚飯，大哥問起，他才想起有這回事……

張綠水老老實實地去上課，並在下課後前往人工生命學院已經是一個星期後的事了。

◆

T大是一所非常古老的學校，百年學府了，建築物都是古蹟。

能進T大的不是家世淵源，就是成績特別好，畢業生都是各領域的菁英，他們在功成名就後以大批捐款回饋母校，讓T大與業界接軌，因此能考上T大研究所的幾乎等於是獲得了大企業的內定。

T大的人工生命學院是在三十年前成立的，校址和T大的法學院、商學院等知名系所分開，需要搭接駁車。張綠水第一次來到這一帶，原以為會是頗為科技感的玻璃建築，但沒想到它宛如一座風景優美的歐洲小鎮，作為地標的歌德式鐘塔既是遊客中心，也是系所的辦公室。

張綠水先到辦公室問許教授會在哪裡，職員為他指出一個叫「C-set實驗室」的地方。

張綠水用手機開啟校內地圖，發現鐘樓後面有一條人工運河。他走過去，小船撐篙漫遊，河畔春光浪漫。

如果可以跟男朋友一起來就好了……

前提是要先有男朋友。

張綠水轉身離開，在漂浮螢幕裡輸入「C-set 實驗室」，手機馬上為他搜尋出地圖與最短路徑。

張綠水順著地圖找到 C-set 實驗室。

C-set 實驗室隸屬於義體機械系，雖然張綠水搞不清楚那是什麼東西，但建築物外觀一樣是歐式風格，看起來像個大莊園，外面種著三層樓高的楓樹。分隔實驗室和走廊的是現代化的玻璃門，上頭有噴砂，看不到裡面長什麼樣子。

張綠水沒有入內的員工證，只能按訪客鈴。

一道人影由遠而近，從那高大的身材來判斷應該是個男性。張綠水有點緊張，但他已經準備好伴手禮了，是他自己喜歡吃的手工餅乾禮盒，如果等一下許教授拆來吃的話，他可以一起吃。

門開了，張綠水擺出社交性的笑容。他不懂公司經營，但做做面子還是會的。

出來應門的是一位戴著口罩、穿著實驗室白袍的男人。男人有一頭灰髮，眼神顯露出疲態，但是從口罩以上的眼周、皮膚來判斷，他差不多二十多歲——這年頭的教授都保養得這麼好嗎？

「許教授您好，我是綠洲集團的張綠水……我臉上有什麼東西嗎？」

男人一直盯著他看，害他必須重新講：「咳嗯，我叫張綠水，綠洲集團的代表董事，我代表綠洲集團全體員工，誠摯感謝您擔任本次產學計畫的委任教授。」

照理說，應該有人跟許教授聯絡過了，而不是由張綠水來問教授答不答應，那也不是他此次來的目的。因為一項產學計畫牽扯甚廣，還有經費的問題，這應該早就喬好了，張綠水只是代表高層來問候的。

「您以後有什麼事情都可以聯絡我，期盼我們雙方未來合作愉快……教授？」

張綠水雙手遞上禮盒，但男人沒有收下。

禮盒裡除了塑膠包裝和餅乾，可沒有塞錢錢之類的，教授該不會是在顧慮面子問題吧？

「教授，這是很有名的手工餅乾，您可以配茶吃，我保證很好吃的！」

「我不是許教授，教授他去國外出差了，要一個月後才會回來。」

「那……你是……？」

張綠水馬上收起笑容。他真是浪費皮膚細胞才會跟一個研究生擺笑臉，但他又覺得這男人的聲音好像在哪裡聽過？

「我是許教授的學生，我叫做——」

「啊！」張綠水突然大叫一聲。

他從男人身側看到平放在實驗臺上的金屬手臂，立刻推開男人闖進實驗室。

「你是上次那個中二機甲男！」

「我……我不懂你的意思……」口罩男把頭轉開，卻掩飾不了閃躲的視線。
「不然會是誰？」
「實驗室有很多學生……」
「誰？」
「很多……」
「所以是誰？」張綠水繞著男人轉，「你說啊，誰？」
男人看右邊，他就轉向右邊，男人看左邊，他就轉向左邊。
雖然男人沒有戴舞會面具，張綠水也記不得男人當初的髮型，但那種不敢跟他對視的氣氛相似到張綠水想忘也不忘了。還有，那做為證據的金屬手臂正放在實驗臺上維修，旁邊有一座像服裝店假人的架子，上面套著透明鎧甲。
「就是你吧！你到底是誰？」
張綠水伸出右手食指，像真相只有一個的天才小孩，指向口罩男。
「把你的口罩拿下來！」
「那個……」
「你有生病嗎？」
「沒有……」

「那就把口罩拿下來，讓我看你的臉！不要像作賊心虛的小偷，正大光明地露出來！」

「……」口罩男愣住了。

「……」張綠水也有點愣住，因為抓到「凶手」太興奮，他一時語無倫次了，「我是說你戴著口罩很不禮貌，現在又不是非常時期，不讓我看到你的臉，我怎麼知道我在跟怎麼樣的人合作？」

口罩男慢慢摘下工作用的手套和外科口罩。

如張綠水先前所預估的，他只有二十多歲，不可能是教授。

男人天生髮色灰白，宛如雪山反射著銀光。他有一雙淺紫色的眸子，雖然還是沒有正面看張綠水，因為他不是看向斜角就是看地板，似乎在避免與張綠水對視，但他長得不難看，甚至可以說是未經琢磨的璞玉。

「我是許教授的學生……」

實驗室裡只有他一個人，剛好就在這個時刻，宛如命運似的，只有他一人，所以不管他說什麼，都不會有張綠水以外的人聽見。

他偷偷深吸一口氣，鼓起勇氣、抬起頭，雙眼直視著張綠水。

「我的名字叫艾利希歐．巴克萊雅，教授不在的這段期間，實驗室由我主導，所以，有關產學計畫的內容我會轉告教授，並由我作為聯絡窗口。」

「喔……」張綠水對男人的轉變感到訝異。
「你可以叫我艾利。」男人伸出右手，兩人互相握了握。
「好的，艾利……」張綠水握著男人的手，心裡卻有種異樣的感覺。
男人的手溫熱濕潤，肯定是流手汗了，而且有點抖，表示他的心裡正受到極大震撼。可能是很緊張，但男人極力讓自己的表情看起來不動聲色，卻掩飾得很拙劣，讓早就習慣社交辭令的張綠水覺得這男人蠢得可愛。
男人的長相不能用可愛來形容，他的眉眼、鼻梁、下顎稜線都顯得十分銳利，看起來是個不好惹的人，但他竟然在一個比自己矮、年紀比自己小，可能還比自己笨的青年面前表現得很笨拙，讓張綠水莫名感到一股優越感。
「你有帶資料來嗎？」艾利問。
「有。」
「我要紙本的。」
「有，我把它印出來了。」
張綠水從裝禮盒的紙袋裡拿出厚厚一疊的產學合作企畫書。雖然他不知道對方為什麼要紙本，因為許教授一定會有電子檔，但許教授可能是老一派的學者，張綠水才會在會面之前先印出紙本報告，如今果真派上用場了。

文書工作看似守舊，卻必不可少，對某些人來說還是很重要的，在綠洲集團內部也是。

「我會向我哥轉達許教授出國一個月，這是不可抗力，所以不用擔心計畫的時程——」

「不。」艾利打斷張綠水的話，「你什麼都不必說，因為我會接替教授的工作。」

「你嗎？」張綠水不怎麼相信。

「我是教授的得意門生。」

張綠水一瞥那個沒用的金屬手臂……

「許筑昆教授是研究『身體』的權威，雖然由我說出來很奇怪，但我是目前唯一能接替許教授的人。」艾利很快翻了翻紙本文件，一雙淺紫色的眸子眨了眨，像在把紙上的內容拍進腦袋裡。

既然對方不是自己要找的許教授，張綠水就懶得擺出好臉色。

「這是給許教授的見面禮，放一個月也不會壞掉，就麻煩你轉交了。」張綠水把餅乾禮盒放在實驗臺上。

「等等！」

眼見張綠水轉身就要離開，艾利叫住了他。

「請你把聯絡方式留給我！張綠水先生！」

「……」張綠水很不習慣聽到有人這麼叫他，「我們集團在跟教授聯絡的時候，應該有專門的負責人。」

怎麼樣也輪不到他這個總裁的弟弟。

「我要找的不是負責人，是你……」似乎是意識到自己的話有其不妥，艾利又望向地板，「張綠水先生，這是……這是對貴集團來說相當重要的計畫，相信對您個人來說也很重要，因此如果可以取得您的聯絡方式，我會定期向您匯報進度。」

「你說話的方式都變得不一樣了。」張綠水很直白地道。

「那是……呃……因為……」

因為你是我高不可攀的對象。他明明這麼想，卻不敢說出口。

相對地，他說的是：「因為我之前太緊張了，沒有意識到您與我的差距。」

「什麼差距？」張綠水沒想那麼多，但對方的態度轉變得太明顯了。從否認到承認、從緊張到穩定心神，短時間內可以有這麼多情緒變化倒是讓張綠水很好奇，「因為我是綠洲集團的繼承人嗎？」

「之一！」

「嗯？」

「您是綠洲集團的繼承人之一，您上面有一個哥哥、一個姊姊。」

「你怎麼知道？」

「上個月，綠洲集團的新總經理上任，我有看到新聞。」

「嗯，是我哥哥。」

「綠洲集團是非常典型的家族企業，靠著親緣關係在各領域擴張版圖，但也因為是親緣關係，很容易有不適任的人位居高層，導致決策效率低落。」

「你知道的還真多。」

「網路上有文章，經濟週刊，第XXX期，編輯部綜合報導。」

現代人都喜歡腥羶色的東西，認真分析一間公司的文章已經不多見了，而且很多都是內幕，公司本身也不願多談，加上公關媒體的操作，大哥沒有把這類文章洗掉已經很仁慈了。

張綠水不是不能理解大哥的立場，公關團隊可以洗掉負面新聞，但綠洲集團受制於親緣關係，導致張景瀾做起事來綁手綁腳是事實。

「算了，我知道我們公司不是什麼好東西……」張綠水對公司治理沒有興趣，有人要說綠洲集團有不好的地方，他也不會反對。

「我不這麼認為。」艾利的語氣很平緩，「組織壯大了，本來就會有見不得光的地方，這沒有好或壞，這是人性，但綠洲集團要往人工生命工程發展卻正合我意。」

「哦？」

「人工生命工程和別的學科不一樣，它非常利益導向，所以，如果我個人可以獲得綠洲集團賞識，那對我來說也會有好處。」

「你想到我們公司上班？」

張綠水也曾遇過這種人，想藉著與他交往的機會獲得工作內定，尤其是那些快畢業的學長姊，好像認為搞定他比搞定面試官容易。

「我想早一點獲得學位。」

「喔。」張綠水顯得興趣缺缺，「是想早一點畢業嗎？你幾歲了啊？」

看對方一副老成的樣子，張綠水心想，他搞不好就是做太多無關緊要的東西，例如那隻金屬手臂才畢不了業。如今想靠綠洲集團獲得畢業後的工作嗎？所以產學合作計畫要好好搞，讓教授刮目相看？

太明顯了……這種有目的的人……

「二十四。」艾利回答。

果然是延畢了，不然就是碩士生。反正張綠水對「老學生」沒興趣，甚至有一點反感。看對方的打扮也是，實驗室白袍裡穿著黑色高領和牛仔褲，以為自己是賈〇斯嗎？

「我是博士候選人。」

「……」張綠水的腦筋一時沒轉過來，「你是什麼？」

「博士候選人。」

「那個……有很厲害嗎？」

張綠水對學位等級沒什麼概念，他只知道自己現在大學二年級，再忍耐兩年就能畢業，然後……反正家裡會對他有安排。

「沒有，沒什麼厲害的。」艾利看得出來，張綠水對這沒興趣。

沒興趣，就不會在乎。

高學歷、高收入、高社經地位，這些對一般人來說會被歸類為「條件好」的條件，跟張綠水所處的位置比起來，根本不值一提。

艾利的態度倒也很平淡，「總之，我想獲得綠洲集團的賞識，而您會親自過來，表示您也很重視此次合作，如果這能為您增加功績，就請您好好利用我的才能吧！」

「嗯……」張綠水表情複雜，因為他不知道自己該做出什麼表情才好。

這個叫艾利希歐．巴克萊雅的男人很明確地表示自己有目的，但看起來又不是一個很諂媚的人，讓張綠水有些無所適從。

「先告訴我您的私人號碼，好嗎？」艾利拿出手機，「常用的通訊軟體也加一下，如果您方便的話。」

艾利沒有使用漂浮螢幕，他的手機是舊型的，就只是一支普通的、長方形的金屬薄板，螢幕上有用來加好友的條碼。

對方都這麼有誠意了，張綠水也不好意思拒絕，拿出手機掃描。

互相加了好友後，艾利戴回口罩，張綠水看不到他的表情。

就是因為張綠水沒看到，艾利才敢在口罩底下露出微笑，但他很快就意識到張綠水人還在這裡，可能會從他的眼睛部位看出端倪，便又把頭轉到一邊。

張綠水覺得很奇怪，這個人的情緒怎麼變來變去的？

「沒事的話，我要回去了，許教授就麻煩你聯絡了。」

「會的……啊，這個！」艾利抓起實驗臺上的禮盒，以雙手遞給張綠水，彷彿他才是來送禮的人，「請拿回去吧！」

張綠水露出懷疑的目光，「你不想收……是嗎？裡面沒有放奇怪的東西喔！這年頭不流行塞茶葉罐了。」

「這不是你喜歡吃的品牌嗎？這家的手工餅乾很有名。」

——你怎麼知道我喜歡？

不，現在不是探討這種問題的時候。

「那是要給許教授的，不能因為教授不在就拿回去。」這點人情世故他還是懂的，相對地，張綠水在心裡給這男人扣分！

「我知道了……」艾利拿美工刀，把禮盒的外包裝拆掉。

他打開盒子，裡面的餅乾都是單獨的包裝。他把餅乾抓出來，又拿了一個乾淨的袋子裝起來，遞給張綠水。

「教授不吃甜的，我可以保證，到時候也是由我們幾個研究生分掉，不如你拿去吃。你喜歡，不是嗎？」

『……討你歡心啊！』

張綠水突然想起值樹的嘴臉，還有派對上那些人……

「不用了。」他冷著臉拒絕，轉身離開實驗室。

走出大樓，外面就是宛如置身童話的歐式莊園風景，張綠水心裡卻有點悶悶的。

第三章

都已經跟許教授打過招呼了（其實是教授的學生），張綠水就當作自己已經完成了大哥交代的任務，可以從此把這件事拋到腦後，但他沒想到隔天就收到了艾利的訊息。

『過幾天有一場關於義體機械的研討會，你有興趣嗎？』

張綠水看到訊息的時候是中午，剛起床，他的直覺反應就是繼續睡。

手機持續跳出訊息。

因為偵測到使用者在睡覺，漂浮螢幕沒有跳出來，但放在床頭櫃上充電的手機還是發出了細微的震動聲，讓有點醒了的張綠水要忽視都不行。

『你還在睡嗎？』

『抱歉打擾你了……』

『因為我想您既然接手了產學合作，那多了解一點關於人工生命工程的內容對您也未嘗不可。研討會的內容不會很難，我會全程為您講解……』

還附上研討會的海報，底色是如大海般的深藍，佐以白色、綠色的電子線條，看起來很有科技感。

張綠水已讀不回，因為他沒興趣。

他把手機放下，躺回床上，放空了一會兒，卻睡不著了。

老實說，這還是第一次有人找他去研討會，感覺……有點在意。

張綠水自認不是認真的學生，他一向與學術活動無緣，身邊的朋友對這種事也沒興趣，而且他念的是經營管理，為的是以後在綠洲集團內能有一席之地，不是要當博士的。

張綠水後來查了一下──一時心血來潮查的，不是特地為誰而查──博士候選人就是已經通過資格考試，還差一步就能成為博士的人。

雖然張綠水也搞不清楚這「一步」到底是哪一步，但以艾利的年紀來說，他才二十四歲就「快要」成為博士了，這中間一定有跳級，那艾利不就是一個很厲害的人嗎？

艾利說自己不厲害，該不會是在遷就他吧？

不，應該是自己想太多了。

手機又有震動聲，張綠水叫出透明螢幕，方便他躺著也能閱讀訊息。

『我知道一間很好吃的披薩店，我請客，有興趣嗎？』

張綠水是不會拒絕美食的。

「你又睡到中午了！」

張綠水要出門的時候，張爸正好從書房探出頭來。

──我們家是有監視器是不是？

張綠水憋著不說話，但心裡有點火大。

張爸不是沒事做，他其實很忙。他會透過遠距工作的方式參與公司會議，但是多半只是聆聽，不發表意見，算是給新上任的總經理大兒子站台，然後還有時間管張綠水幾點起床！而張綠水只希望老爸快點回去上班，或完全退休、出去旅遊也好，至少不要待在同個屋簷下，這樣就能減少碎碎唸的機會了。

張綠水沒有回嘴，他快步下樓，搭上司機為他準備好的車。他沒有注意到張爸的表情有些落寞，老人家又縮回書房裡去了。

張綠水先去課堂上點名，難得地聽完課後，搭接駁車前往人工生命學院。艾利在接駁車的車站等著他，還是戴著口罩。

「你感冒了嗎？」張綠水問。

根據歷史記載，幾乎每隔十幾年就會有一次大規模的流行性傳染病，雖然現在已經沒事了，科學又一次戰勝病毒，但有少數人仍保持著出門就會戴口罩的習慣。

「沒有……」艾利低下頭，眼神閃躲，「我很健康，你跟我走在一起是絕對不會有問題的……這邊請。」

艾利領著張綠水走在校園的人行道上。

離開接駁車站，人就比較少了，但張綠水還是可以感覺到自己與其他學生有一點不一樣。

張綠水穿著一套淡粉色西裝，裡面是白色襯衫，沒有打領帶或領巾，因為襯衫的造型就有特別設計。小V領讓他露出鎖骨的正中凹陷，即使把釦子扣好扣滿，春天的微風仍會從那領口吹進去，讓艾利不敢低頭亂看。

張綠水揹著復古風格的皮革背包，踏著輕快的腳步，讓他看起來稍微像大學生，不然他就像廣告上的明星，清爽自信，卻也高不可攀。

「你說那家店在哪裡？」張綠水問。

艾利沒有帶他離開校園，往校園內部深入。張綠水看到的都是像歐洲風格建築的系所，不像有商店街或餐廳的樣子。

「這邊……」

「學生食堂？這裡的東西能吃嗎？」

張綠水一臉嫌棄，尤其是看到裡面有一大堆人，就彷彿自己身上沾了什麼晦氣，他一點都不想走進去。

「還是，你在外面等我一下？」

「嗯。」像個高傲的領主，張綠水雙手抱胸，輕輕一聲，表示應允。

學生食堂是人工生命學院裡少數的現代化風格建築，正面有兩層樓的落地玻璃，採光良好，刻意突出和傾斜的屋頂頗有藝術家的風格，外面有些零星的座椅，供人喝咖啡聊是非。但就是因為有大片的玻璃，讓張綠水看到裡面有很多人在排隊，不想進去。

張綠水邊等邊滑手機，順便拍幾張自拍照，標注自己的位置。

底下馬上有人回覆：「你去那邊幹嘛？」、「綠水今天好可愛喔！」、「衣服哪裡買的？求連結」、「恢復單身了，要跟我交往嗎？」、「那邊的食堂，有一間很有名的披薩店，排隊起碼要排四十分鐘，很多觀光客都會去」。

「是喔……」張綠水開啟電子地圖，查了一下，確實有很多五星評價。

一樣都是T大，人工生命學院卻像一塊有治外法權的地方，它的位置、風景、裡面有什麼好吃的都與其他學院不同。

就地理位置來說，T大的主校區靠河，離市區比較近，學生下了課就經常往市區跑，附近不管是餐廳、書店、咖啡廳、小酒吧都有，比較有活潑、熱鬧的感覺。但是人工生命學院卻靠山，由一條人工運河連接到主校區的河，可說是好山好水好無聊。

這樣的校園氣氛比較適合人文氣息濃厚的學科，但不知道為什麼以利益為導向的人工生命學院偏偏設在這裡。這些科學家、工程師不會實驗做一做，看到風景很漂亮就想跑出去玩嗎？

張綠水一邊想著無關緊要的事，大約過十分鐘，艾利就回來了。

艾利用跑的，因為戴著口罩，不免氣喘吁吁。

「這……這邊……這邊請……張綠水先生……」艾利提著紙盒，一邊比向人行道。

「沒有等很久啊。」

「啊？」艾利一愣，突然不知道張綠水在說什麼。

「我看網路上說這邊要等很久。原來這家店很有名，我都不知道。」張綠水指向艾利手上的紙盒，上面有店家的草寫LOGO。

「我提前訂餐了，拿了就可以走。」

張綠水後來才知道艾利有員工證，而且很好用，因為「博士」在T大校園裡是一個備受禮遇的身分。雖然艾利還是博士候選人，但只要他拿著自己的識別證去系辦、學務中心或食堂之類的地方，人家會優先服務他。

艾利帶張綠水回到C-set實驗室所在的大樓，但艾利沒有進到實驗室內，而是往前走過一條走廊，轉了個彎上樓。他帶張綠水來到一扇木門前，張綠水一走進去，眼睛都亮了起來。

挑高的閣樓垂下一盞大吊燈，讓室內顯得古典而貴氣，稀有的實體書陳列在金屬書架上，但金屬因歲月而失去了流光，呈現出沈穩的古銅色。

室內的正中間有一張長方形的木製桌子，桌上有檯燈和幾張凌亂的手稿。兩邊各有兩張椅子，窗邊有一張雙人座的扶手椅，皮革表面有很多皺折。

最讓張綠水感到訝異的，是室內有壁爐！

不是暖氣機，不是電子爐，是真的需要放木柴進去燒，一不小心可能就會把整間藏書燒掉的壁爐！

當這裡是城堡嗎？張綠水驚呆了。

艾利把桌上的雜物拿開，將紙袋放在桌上。他把窗簾拉開，自然光照進室內，從圓拱形的窗戶望出去，能看到那代表性的鐘樓與運河。

張綠水拿出手機拍照，發了則動態，馬上有人按讚。

艾利拆開餐盒的包裝，張綠水這才發現它跟普通的披薩不一樣，它很厚，像一盤鹹派。起司的香味撲鼻而來，滿滿的餡料讓餅皮沒有露出一點空隙，因為是剛出爐的，餐盒上還殘留著水氣。

「你要餐具嗎？」艾利拿出環保刀叉。

「……是為我準備的嗎？」

大部分的人吃披薩都會直接用手抓來吃，這不僅方便，也是一種習俗，在某些地區甚至會覺得如果不用手抓來吃就不道地，但艾利的多此一舉卻讓張綠水覺得很貼心。

艾利把刀叉和紙巾放在桌上，「因為你看起來就不像會徒手抓食物的人。」

他拉開椅子，坐下。

「你想怎麼吃就怎麼吃，目的是要把食物吃下肚，讓自己獲得溫飽，你要用手、用刀叉還是用筷子，對我來說都無所謂。」艾利摘下口罩，拿一張紙巾墊著，放到一旁，「你方便就好。」

張綠水也過來坐下，拿起艾利準備的刀叉。

艾利切了一大塊披薩到盤子裡，推向張綠水。張綠水一開始用刀叉，切一小塊、吃一小口，但很快就因為起司太會牽絲，一直黏到刀叉，他只好用手抓。

「好吃嗎？」艾利問。

「嗯嗯。」張綠水微笑點頭，但因為用手抓食物不符合他受過的禮儀教育，因此他趕緊抓了幾張紙巾，掩住嘴角。

能看到他的微笑，就夠了……

「對了，我去泡咖啡。」艾利沒吃到半口就站起來。

書架後面有茶水間，張綠水聽到機器的聲音，是咖啡機嗎？他好奇地走過去看。

艾利用的是咖啡豆的研磨機，但他沒有按任何按鍵讓咖啡自動從機器裡流出來，而是拿出燒杯、溫度計、像金探子的小型偵測器以及兩條金屬手臂。

金屬手臂代替他的雙手，為他操作沖泡的動作。他像在做科學實驗一樣，一邊看著透明螢幕上計算出熱水倒下去的角度與速度，一邊看著真實的沖泡器具。

螢幕裡的熱水溫度達到後兩位小數點，金探子拍攝到熱水淹過了咖啡粉，金屬手臂快速攪拌、悶蒸。倒數讀秒中，螢幕裡同時在計算熱水的停留時間、倒水的轉圈動作等等。

艾利就一邊監視著金屬手臂的動作，一邊不知道在想什麼。

「……」

張綠水看了很無言，這跟用機器沖泡有什麼兩樣？的確是用「機器」在泡啊！一點美感都沒有。

張綠水悄悄回到座位上，一邊吃著披薩，不然起司涼掉就不好吃了，一邊在心裡為這男人扣分！

在他的想像裡，咖啡師應該像調酒師一樣優雅，他們有其特殊的手法、知識和經驗，知道怎麼萃取出咖啡應有的口味或個人特色，像是花香、果香、甜味、酸味那些的，但艾利透過工程技術，把屬於「人」的美感都消彌了，只剩下計算。

「等一下該不會要跟我炫耀吧？」張綠水自言自語。

他都看不懂大哥的那份報告在寫什麼了……不，其實是他懶得打開來看，他只知道要來跟許教授打招呼，其他的他都不想管，反正他不是什麼博士，以後也不可能會是，他只要西裝穿得好看、會簽名就好了。

如果艾利要跟他說明金屬手臂的功用，他一定會睡著，還有咖啡知識什麼的……他寧願去喝真正有名的咖啡師泡的。

「請用。」

艾利端來兩杯咖啡，用玻璃杯裝著，沒有附糖跟奶精，手沖咖啡都這樣。

但張綠水已經對機器泡出來的東西有成見了，喝的意願不大。

張綠水先是看了杯子一眼，後又把眼神移開，他的頭和脖子都沒有動，假裝自己仍在吃東西，但艾利仍察覺到有哪裡不對勁，因而變得小心翼翼。

「抱歉，還是你要喝水，我去倒給你……你要冷水還是熱水？還是茶？果汁？汽水？」

「……」

為什麼像在討好我的樣子？張綠水真的不懂。但自己畢竟是客人，這一頓讓比自己窮的研究生請，讓他有點過意不去。

「喂，我問你！」

「是，請說。」艾利正襟危坐。

「這裡是哪裡啊？圖書館？」圖書館可以吃東西嗎？

「喔，這裡是我個人的研究室，要當辦公室也可以，但我平常都拿來當休息，也沒有在研究什麼東西。」因為場地、設備的限制，艾利要做研究還是得回到 C-set 實驗室。

「你個人的？」

「是。」

「書也是你的？」

以規模來說，這些兩層樓高的書架已經可以當作一座小型圖書館了，張綠水還沒看過有誰會在自己的個人辦公室裡放這麼多書。

「有些是，但大部分都不是。」

「那是誰的？許教授的？」張綠水隨口問，一邊吃著披薩，果然有點冷掉了。

「是凡妮莎博士的。她是人工生命工程領域的創始者，這一帶的土地都是她的，房子是她的，書也是她生前的收藏，裡面還有輕小說。」

「什麼？」

「輕小說。」艾利說罷便起身，爬上二樓的梯子，在最上層的書架一連拿了好幾本。書籍的保存狀態很好，封面精美，張綠水忍不住翻開第一章來閱讀，很快就被吸引到文字的世界裡。

艾利坐下來吃披薩，享受著這午後時光。微光灑落在張綠水身上，雖然張綠水沒有動他手邊的杯子，但美人、書配上一杯咖啡，就很有文藝青年的感覺，讓艾利光看就飽了。

其實，艾利對食物不是很計較，他吃不出美食的口味。

冷掉的披薩和剛出爐的披薩對他來說都一樣，還好張綠水沒針對食物跟他做一番探討。他可以把網路上的評價都找出來、背下來，假裝自己好像很懂，但那都不是他真正的想法。他對這樣的自己感到有一點失望，但也沒辦法，人類是有缺陷的。

咖啡也是……

他喝不出好壞。

「張綠水先生。」艾利不想打擾對方看書，但他不得不問，「不喝的話，咖啡會酸掉，還是我再泡一杯給你？」

「不用了。」張綠水皺眉。

這可能是連張綠水自己都沒有察覺到的小動作，卻讓艾利一怔。

「我做錯什麼了嗎？」

「啊？」張綠水從書中抬起頭來，不懂對方在問什麼，他隨手拿起咖啡喝了一口。

他眨眨眼，看向杯中黑褐色的液體，又喝了一口，想確定不是自己的錯覺。

「你之前說，這些書是誰的？我可以借出去嗎？」

「很遺憾，不行。」艾利回答，「凡妮莎博士傳說是末代貴族的後裔，家族裡剩下她一人了，再也沒有繼承者，她就把家族的土地、房子和房子裡面的東西，像家具、書之類的統統捐給T大，成立人工生命工程學院。」

「是喔……」張綠水沒聽過這個人。

「她在我心目中非常了不起。」

「嗯……」張綠水興趣缺缺，他對書中的異世界比較有興趣，艾利也看得出來。

「很抱歉不能讓你把書帶回去，我申請這裡作為我的個人研究室時，就和校方簽訂協議了，確保我會維護場地的完整性。」

「沒關係，我再這裡看就好了。」

如果可以讓你常來的話……

艾利抿了抿唇，喝了一口咖啡，沒有把心聲說出來。

時光靜靜度過，張綠水一口氣看完了一整本書，這才發現天色漸暗，明亮的窗外都變得陰鬱了。桌上的餐盒和用過的餐具不知道在什麼時候被收拾乾淨了，艾利就坐在他對面，看著平板電腦裡的文件。

張綠水把杯子裡剩下的咖啡喝完，果然酸掉了。

「你為什麼會投入人工生命工程？」張綠水打破沈默。

其實他也不是非問不可，但難得遇到一個跟同溫層不一樣的人，所以想了解一下。

「嗯……因為我可以『這麼做』，所以就『這麼做了』。」艾利從平板電腦抬起頭，語氣出奇地溫柔。

「什麼啊？」張綠水聽不懂，這是學術暗語嗎？

「這裡沒有真理，只有慾望。」艾利放下平板電腦，揉了揉眉心。

他的眼神疲憊，卻帶著一股迷人的憂鬱，讓張綠水不禁一怔。

艾利跟他想像的不一樣，他不是一個會炫耀自身能力的人。張綠水這才意識到，艾利除了問他「好吃嗎」，他一整個下午幾乎沒問過他的「感想」。

大部分的人都會迫不及待自地想知道他的想法，因為帶有目的性，想知道自己是不是正確地討好了他。就像在床上會一直問他爽不爽、大不大，某種程度上也帶著炫耀的意味，但艾利的沈靜讓他很自在。

沒想到，就這樣不知不覺地過了一個下午……

張綠水突然覺得口乾，但咖啡已經沒了，艾利之前就問過他要不要喝水，但他沒回答。

「你知道凡妮莎博士為什麼會開啟人工生命的研究嗎？」艾利戴上口罩。

「什麼……慾望……？」

張綠水忽然有點失望，因為艾利其實長得不難看。

艾利的五官是屬於線條較銳利的類型，可能跟他個性有關，張綠水不禁想像，如果是艾利站在研討會的講台上發表，他還會戴口罩嗎？如果他脫下口罩，又站在一個自己熟悉的領域，他是不是能侃侃而談？

他不會低下頭，眼神不會閃躲。他會直視他的觀眾，用最鏗鏘有力的聲音，闡述他的理論。他會為那理論辯護，彷彿就是為此而生，他的研究、發明都將展現在世人面前，而世人也會為他的聰明才智而折服。

畢竟才二十四歲就挑戰博士學位，他可以有本錢自豪，就像現在……

「因為她想要一個簡單又很難達成的東西，永遠的青春美麗。」

提起凡妮莎博士，艾利有半張臉都遮在口罩底下，但他的眼眸閃閃發光，就像星星。

「凡妮莎博士有很嚴重的基因疾病，她幾乎不能見到陽光，就像吸血鬼，於是，她想到一個辦法——為什麼不幫自己做一具新的身體，最好是能夠替換的呢？尤其是皮膚，把壞死發黑的細胞挖起來，填補上人工皮，讓自己維持在最顛峰的狀態。」

「……」

張綠水不知道上午的研討會就有人報告凡妮莎博士的生平，但他們都著重在她對工程、科學的貢獻，不會用崇拜與近乎痴迷的口吻說凡妮莎博士又被稱做血腥女爵。

「你可以說這是一個病入膏肓的老女人的臆想，但她開始相信沐浴在鮮血裡能讓自己維持青春活力，她向大學醫院購買，後來招了一群無處可去的人。我聽說，T大董事會接手的時候，在幾處的大宅地下室都發現了疑似人類骸骨的東西。」

「咦……」張綠水露出驚恐的表情。

「後來被證實那是生化人最早的雛形。」

「……」

「人類會老會生病，但生化人沒有這些問題。當然，她那個時代還沒有生化人的概念，她的本意也不是要製作生化人，但生化人是由很多零件構成的，為了開發這些零件而做的研究，如今已經應用在各個領域了。」

「我們集團也想參一腳……」

「恕我直言，憑現在的技術，沒有人能夠做出完整的生化人。綠洲集團也不是想開發生化人。」

「那他們想幹什麼……我是說，我們集團想做什麼？」

艾利就先不計較張綠水到底有沒有看報告的問題了，「綠洲集團想要的是能用在軍用武器上的技術，他們想簽下跟遠山空軍基地的獨家合約。」

「你能做到嗎？」張綠水馬上又改口，「我是說，許教授能做到嗎？」

「我不確定。」艾利自認回答得很誠懇，「區區一個產學合作計畫應該只能拿到毛皮，除非綠洲集團成立自己的研究室或專門開發的子公司，不然，很難。」

自古以來，一直有一群人為了真理付出代價，甚至是生命。他們探索地球是平的、還是圓的，是繞著什麼東西轉動，他們為了對抗強權和爭奪權利所衍生出來的謊言，因為想讓世人知道世界的真相，所以投入觀察、研究、計算。

他們想要把真相帶給人類，讓人類從知識上獲得解放，但人工生命工程不一樣，它從一開始就是為了滿足人類的慾望而誕生的。

人類想要對抗自己的身體，想要對抗自然天命，想要獲得力量，想要擴張與征服……

那不是為了發現真理，要說是對現實世界「毫不關心」也不為過。人工生命工程不僅是利益導向，還是一個非常自私的學科。

張綠水聽完後，心裡有股淡淡的哀傷。

叩叩——

突然，有人敲門。

「不好意思。」艾利起身去應門。

門外來了一群同樣穿實驗室白袍的研究生，艾利把門關上，張綠水沒有過去偷聽。不到五分鐘，艾利就回來了，但艾利還沒開口，張綠水就從桌前起身。

「我該回去了。」張綠水已經把書闔上，整齊地堆疊起來。

「我送你去搭車。」

「嗯。」張綠水揹起背包，突然想到自己應該告訴他一件事，「我平常不喝咖啡。」

「對不起，我不知道……我下次一定會注意……！」

「但是你泡的，我喝得下去。」

其實那口感並不難喝，比外面工讀生按機器泡的好很多。如果不是放太久了以致於酸掉，喝第一口下去的時候是有甜味的，所以他才多抿了一口，想確認是不是自己的錯覺。

沒有加糖，是天然果香所散發的甜味，要帶出這樣的味道除非是有一定手藝的咖啡師，不然就是……艾利做過很多研究，張綠水只能這樣認為了。

「你是想在校園裡賣咖啡嗎？」張綠水問。

「不、是……不是的！」艾利戴著口罩，但他的嘴唇和手指都在顫抖。

太開心了……能被張綠水稱讚，是他意想不到的事，所以他太開心了，都不知道該說什麼了。

「我是因為……那種咖啡豆很貴……覺得這種東西才配得上你……所以才拿給你……那是進進進進進口的……我也不知道裡面混了什麼，但是好像……很多有錢人都會喝……」

「是喔。」張綠水一臉無感，他不懂艾利的反應是怎麼回事。

「你喜歡的話，多餘的豆子你可以帶回去！」

「不用了。」張綠水微微蹙眉，覺得有點煩，「來你這裡就要帶點什麼回去，當我是來乞討的嗎？」

「怎麼會呢？誰會那樣想啊哈哈、咳咳咳！」因為太緊張了，他被自己的口水嗆到了。

張綠水都不知道要同情還是反感了……

但同樣品牌、同一個包裝裡的咖啡豆卻有可能因為泡的手藝不同，有口感上的落差。張綠水是一個主觀感受很強的人，他分得出艾利泡的咖啡很好喝——就像真人泡的一樣。

「時間不早了，這邊晚上會比市區冷，我送你出去？」

艾利不知道張綠水在想什麼，可能是自己失態了，張綠水才會帶著評鑑的目光，但他希望能讓張綠水把印象停留在幾分鐘之前，所以要見好就收。

張綠水跟著艾利走出大樓，途中，經過一群穿實驗室白袍的研究生，他們看艾利的眼神很不友善，但張綠水沒多問，他不想管那麼多。

第四章

當天晚上，張綠水莫名覺得很累，很早就睡了。

他做了個夢。

他夢到自己走在城堡裡，但又不像是自己的身體。

這裡是中世紀的城堡，但又不是真正的中世紀，因為真正的中世紀其實很髒很臭，人類的衛生習慣和科學觀念都還沒有建立起來，他可不想在那種地方遊蕩。

張綠水知道自己在作夢，既然是他的夢，他想做什麼都可以。

他要把城堡改得漂亮又乾淨，地板沒有一抹灰塵，但是很冷。城堡有歌德式的高塔和高聳的城牆，城牆外面是針葉森林，會下雪，如果披著紅色披風走在雪地上，一定很顯眼很漂亮。

當他這麼想的時候，有一位青年對他回過頭來，帶著淒美的感覺。

「那個人」是故事的主角，男的，長相非常俊美，他有一頭淺褐色短髮，在冰天雪地中露出後頸。他不怕風霜飄進自己的衣領裡，因為他的身體像火爐一樣溫暖。

他的眼睛是冰藍色的，長得很俊美……這剛剛已經「夢」過了，但要說這個男人的長相哪裡讓人印象深刻，大概就是他的五官很銳利，尤其是下顎的線條，當他轉到側面的時候看起來很性感。他穿著暗紅色的長袍，袖口剛好蓋住自己手掌的三分之一，長袍上面的花紋……應該是古典的風格，就像運河流水一樣。

他腳上穿著能防雪的短靴，走到城堡底下。

他是一個很厲害的人……具體來說，張綠水也不確定是哪裡厲害，但他把城堡的大門轟開了。

這裡是吸血女爵的城堡。吸血鬼已經在這片土地上存在已久，但是吸血女爵的行為太超過了，她把附近村子裡的小孩都搜刮過來，每天用鮮血沐浴，三不五時還會榨汁來吃，簡直像在擠檸檬一樣。

吸血女爵相信這樣能讓她恢復法力，她就不會衰老，也不會被一位比她高階的吸血鬼魔王拋棄。

「那個人」是來討伐吸血女爵的。

他走到一半，身邊出現了一位伙伴。

伙伴是怎麼出現的，張綠水還沒「夢」到，但是那位伙伴有一頭烏黑長髮，穿著皮草大衣。他紫色的眼睛非常漂亮，相較於青年的冰藍色眼眸，他的眼神慧黠，看起來就是會出錦囊妙計的人。

他們一起聯手把吸血女爵消滅了，還是用非常殘忍的方式——把吸血女爵拖到太陽底下，讓她被烈焰灼燒而化為灰燼。他們想要救出被抓來的小孩，但是太遲了，有些人失血太嚴重，有些人中了吸血女爵的法術，就在這時，兩位伙伴起了爭執。

一個人說要把所有人殺光，因為他們可能會變成下個吸血女爵或伯爵；一個人說那些都是小孩子，把他們送回村莊、找治癒法師來，一定可以得救。兩個人為此爭執不下，吵得幾乎要打起來……

然後，張綠水就醒了。

他看一下了手機，還是半夜。

——男主角一定要有名字。

他掀開棉被下床，打開電腦，記下幾個重點後拿筆畫草圖。那個有個性感下顎的青年出現了，他的眼神彷彿映照出雪地的廣闊與淒美，他的名字就叫做——**伊韓亞．貝松里**——張綠水親手寫下他的名字。

另一位黑色長髮的少年穿著皮草大衣，張綠水拿出自己的大衣參考，畫出了設計圖。

——這個人要有紀念性……

把凡妮莎博士的名字做發音上的變體，改成男性，叫做萬尼夏，然後姓氏是……

萬尼夏．巴克萊雅。

看到自己寫出來的字，張綠水怔了一下。

他想要一個有紀念性的角色，是為了這好久不見的靈感。黑髮少年對他來說是個很特別的角色，出現在很特別的時機，所以應該要有個很特別的名字，來自一個很……特別的人。

張綠水放下筆，想要把紙揉掉，卻捨不得。

為什麼會捨不得呢？因為這是自己睽違已久創作出來的角色，還是那個特別的姓氏會讓他想起一個特別的人？

他關上電腦，火速躲回被窩裡。

試著讓自己什麼都不要想……不要想……

因為他做的這一切都沒有意義。

「沒有意義」讓他絕望又害怕，讓他裹足不前。他覺得自己宛如身在雪地裡，卻沒有足夠的裝備，不知道要往哪裡去。遠方也許有漂亮的城堡，城堡裡就有溫暖的壁爐吧！他的頭髮和睫毛都沾上了雪花，雪的結晶黏在松針葉上，就像白色的聖誕樹。

今年的聖誕節還很遠，去年的聖誕節是跟值樹一起過的。

張綠水傳了訊息給他。

◆

「想不到你會聯絡我。」

他們在大學附近的餐廳見面的時候，值樹的反應極為平淡。

張綠水坐在值樹對面，值樹把放在桌上的一只信封推給張綠水。

張綠水打開信封，裡面有一張名片大小的淺藍色金屬卡片。卡片不知道是用什麼材質，表面像星光閃爍，隱約有幾行字，是公司名稱和聯絡電話。張綠水點擊卡片表面，漂浮視窗便跳出來，顯示出派對的時間和地點。

「我把會員資格轉給你了，你可以確認一下。」

值樹面前有一盤沙拉，分量夠兩個人吃，張綠水只需要動叉子就好。值樹每次都會把餐點先點好，這次也不例外。

張綠水把卡片收回信封裡，「這年頭還用實體的會員卡，這麼有儀式感？被人家撿到不就能拿去用了？」

「過個場而已，他們都認臉的。你上次不也進去了嗎？」

張綠水瞥了旁邊一眼，注意到有別桌的客人在偷看他們，「你刪文了，對吧？」

「你和我一起出現在學校附近的餐廳，別人會不會以為我們要復合？」

「地點不是你選的嗎？」

值樹大口吃了一片生菜，「嗯，是我選的，因為我覺得讓別人以為我們要復合一定很有趣。」

「不是我哥哥逼你的吧？」

張綠水問的是刪文的事。

張景瀾有專業的團隊，完全可以讓張綠水免除網路上的紛紛擾擾，但張綠水發現對他的攻擊在第二天就逐漸停止了，後來慢慢無聲。他是不是常換男友、是不是妖豔賤貨早就沒有人在傳了，大家還是會繼續對他的照片按讚、按愛心，數量完全沒有減少，就像這整件事完全沒發生過。

「我刪文了，不是你哥哥逼我的。」值樹大方承認。

他那坦然的態度一度讓張綠水很欣賞。

「既然後來會刪文，那一開始幹嘛那樣說我？」

張綠水如今想起那些文字，心裡還是很火大。

「因為很生氣啊。」

「生氣的人是我吧？」

「我以為你跟我是一樣的人。」

張綠水都想大笑三聲了，「如果你要在派對上勾引我，說不定我會答應，單獨要帶我去開房間也可以，但那種跟發情的蛇一樣全部纏繞在一起的場合，你以為我會喜歡嗎？」

「我要去國外留學了。」

「所以呢？」張綠水的口氣完全不以為然。

「回來後會接管公司，然後家裡會選一個適合和我結婚的人。」

「所以呢？」張綠水還是不知道對方的重點，「那不是你一直在等待的時刻嗎？成為公司的經營者，跟我大哥一樣，會有成排的人叫你總經理，身旁有聰明的祕書……說不定祕書還會爬到你的桌子底下呢！」

「我就要失去自由了，你不能給予一點同情嗎？」

值樹表情冷硬，一點也沒有開玩笑的意思。

張綠水察覺到值樹今天有點不對勁，不全是因為和「前男友」見面的關係，但他們都已經分手了，他沒有必要關心對方的情緒。

「有什麼好同情的……」

「你沒有嚐過餓肚子的感覺吧？」

服務生開始上菜。沒有分前菜、主菜，值樹點了多少他們就上多少，所以他們吃東西的時候也不用管哪一支叉子、哪一根湯匙是吃哪一道菜的，想怎麼吃就怎麼吃。

「難道你有嗎？」張綠水拿湯匙喝濃湯。

這間餐廳是他們第一次在學校附近約會時來的。既然選在離學校近的地方，就表示他們不怕別人看見，有公開宣告兩人關係的意思。

如今值樹又選這間餐廳，張綠水不認為是因為東西好吃，可能是對方心裡對他仍有一些掛念。可是，他沒有要復合的意思。

「我有。」值樹回答。

張綠水只當對方在說謊，「你是銀行家的孫子，家產不知道有幾個零，說自己餓過肚子是想體驗平民生活嗎？」

「我小時候曾想當音樂家，因為我覺得在影片裡唱歌、跳舞，受到一堆迷妹追捧一定很酷。」

「哈……」張綠水只想翻白眼。

「我偷偷去報名音樂課程，被我奶奶發現後，她就把我關在房間裡不給我食物和水。一開始我覺得這沒什麼大不了的，第二天我就受不了了。我承諾我會乖乖接受繼承人教育，奶奶就煮了一碗排骨粥給我。」

「……」

張綠水記得值樹的奶奶是雪山金控的董事長，現在已經退休了，網路上都是她把慈善事業當成終身事業的新聞。

「奶奶用了一整天的時間去燉排骨，她親自站在廚房裡，不讓傭人做。我還記得熬出來的湯非常好喝，很香、很甜，粥都煮爛了，那是我這輩子吃過最好吃的粥。」

「你想說什麼？」

張綠水突然想起了自己的夢，那在雪地裡出現的、穿著暗紅色長袍的青年彷彿正回頭看著他。

「從那天之後，我就沒有想過音樂的事了。」

「是你奶奶要你去留學的嗎？」

「她說你配得上我。好在同性婚姻很久就立法通過了，小孩什麼的，用代理孕母或從親戚那邊過繼來就好了。」

值樹的臉湊近，張綠水只感到莫名的壓力。

「綠洲集團跟我們雪山金控融資借了一大筆錢，要往人工生命領域發展。奶奶說，如果你們成功掌握技術，集團一定會壯大，我們也想插足的話，這筆錢一定要借。」

「值樹……」

張綠水突然很想哭。

「是奶奶叫我刪文的，說不可以這樣對你。」

「為什麼？」張綠水低下了頭，忍住哽咽，「為什麼不跟我說呢……」

值樹這些年來沒有流出的淚水，好像都跑到他眼睛裡了。

「你上面還有一個哥哥、一個姊姊，他們幫你把需要承擔的義務都擔下來了，你爸媽也是很有能力的人，但我爸媽都是廢物，奶奶才會把希望放在我身上。」

「你可以跟我說的……」

「如果求救的聲音沒有人聽見，說，有用嗎？」

「你明明知道你可以對我說的……在我們還是情侶的時候……」

他們都知道，如果值樹說了，奶奶作為慈善家的形象就會破滅，張綠水就會插手他們家的事，那可能會導致融資的合作案破滅，因為張綠水是一個很溫柔、很善良又很笨的人。

「你可以有我的同情，但我不會跟你復合。」

張綠水拿紙巾擦了擦嘴，他突然沒胃口了，又偷偷擦了擦眼角。

值樹沒有像張綠水那麼激動，他說話的口氣很平靜，心裡其實也很平靜，因為這件事在他心目中已經無關對錯，是立場不同。奶奶不是壞人，他自己也從身為財閥繼承人的過程中獲得了好處，況且音樂、藝術或文學那些是需要天分的，他沒有可以拿上舞台的才能。

所以，他聳肩，態度雲淡風輕。

「我聽過你的傳聞，張綠水不會跟前男友復合，就像穿過一次的衣服不會穿第二次。」

「如果你有很多衣服的話，不會每天都想穿新的嗎？」

張綠水又想起派對上值樹對他的態度，不管淚水還是鼻涕統統倒吸回去！

「不愧是受歡迎的張綠水，你不是不參加派對，是不想跟我參加。」

「他們是專業的辦派對公司，除了亂交派對，還會辦其他活動！」

「最終目的都大同小異吧。」

值樹喝了一口香檳，姿態高雅大方，好像他們談論的也是十分高雅的話題。

張綠水揮手叫服務生，要了一杯咖啡。

值樹沒有點咖啡，他看到張綠水點後皺了一下眉。

因為兩人分手了，張綠水才得以從「第三者」的角度審視這個人。值樹表面上很溫柔，什麼事都會幫他做好，實際上卻不會管對方想要什麼。值樹不喜歡有人拒絕他決定好的事，他是一個控制欲很強的人。

「對了，我要提醒你一聲，那間公司有資料洩漏的嫌疑，你要小心一點。」值樹用眼神一指張綠水手邊的信封。

「什麼意思？」張綠水一時沒聽懂。

「這件事說到底還是跟你有關，那天，你不是被綁架了嗎？」

「咦？」

張綠水一愣，忽然想起……那個戴著口罩、身披透明護甲，操控兩條金屬手臂的怪人。

「那個人是偽裝成派對服務生，但是服務生有一大半都是臨時僱來的。偏偏他們公司儲存服務生的檔案壞掉了，所以查不出那個人是誰。你不是他們的會員，他們一度透過我想聯絡你，但我們分手了，就……」值樹喝了一口香檳，「你後來是怎麼回去的？」。

「就……搭計程車……很普通地搭車。」

張綠水喝著咖啡，因為想起了艾利的事，表情有些怪異，一會兒又像難以啟齒，好像嘴裡含到什麼噁心的東西。吐掉不太禮貌，不吐又對不起自己，看得值樹有點擔心。

「你還好嗎？那天的情況很混亂，我後來聽說公司到處賠償客人，弄到快倒了——也有跟我們雪山金控借錢就是了。」

「我沒事……不然怎麼會坐在這裡，早就上新聞了。」

「也對，如果是真正的綁架犯，你就會上社會版頭條了。」

值樹說起這番話還是不痛不癢，讓張綠水感受不到一點溫柔，有種原形畢露的感覺。

「總之，我不是被綁架！」

張綠水突然制止住自己的舌頭，因為他不想透露艾利的身分。都窮得要去打工了，還被這群有錢人追殺，會過得多慘啊。

「可能是有什麼誤會，他中途就把我放下了。」

值樹搖頭，頗不認同。

「他要的可能不是錢，不然就會威脅你的家人，但是他一定有目的……會不會是有什麼政治訴求？」

「訴求？」

「就像某些財閥要開發什麼，擋到居民的利益……」值樹不方便說得太明白。

張綠水露出困惑的表情。這不是裝的，因為他完全搞不清楚綠洲集團的業務，「這不太可能吧……」

「綠水，那個人把你從會場劫走了，以前有發生過這種事嗎？沒有！那是一個以保密著稱的聚會，他這樣一鬧，雖然派對公司說客戶資料沒有洩漏，但畢竟有了『前科』，就會有風險。」

「嗯……」平心而論，張綠水還是很感謝對方的提醒。

「話說回來，那是戰鬥用的機甲嗎？」

「我看根本是垃圾吧……」還會沒電！遜！

「好像在拍電影，把牆炸出一個洞，真是有夠誇張。」值樹笑了。

雖然他被金屬手臂害得跌倒了，模樣很狼狽，但那種能把牆壁炸破的爆發力、抱起張綠水逃跑，好像要奔向自由的樣子讓他心生嚮往。

「嗯，很誇張……」張綠水附和。

因為他想要讓值樹放下戒心，不要再問艾利的事了。不然艾利就在同一所大學裡的不同校區，搭一趟接駁車上去就能找到人了，還是什麼博士候選人，這一定是登記在冊，不是隨便進來混學分的，要抓到他很簡單好嗎！

「所以我才沒興趣了，危險的活動我是不會參加的。」值樹放下香檳杯。

他沒有追問，讓張綠水在心裡鬆了一口氣。

「對了，我是藍鑽會員，要續費的話你要自己付錢喔。」

「我知道。」

「你自己小心點。」

值樹起身，離開前經過張綠水身旁，順手摸了摸張綠水的頭。但他馬上就意識到兩人現在已經不是可以隨意摸頭的關係了，摸出去的手又沒辦法收回來，那幾乎是習慣性的動作都讓兩人一怔。

值樹看著自己的手，好像在等張綠水回過頭來，但張綠水背對著值樹，沒有對值樹的動作有任何反應。

這一刻，他們都知道，這一切真的結束了。

值樹走後，張綠水確定值樹看不到他的臉才把嘴巴裡的咖啡吐回杯子裡，又吐了吐舌頭，讓舌頭呼吸一下新鮮空氣。

「噁心死了……」

他都喝第二口了，當作給對方第二次機會，但這杯還是一樣難喝，那就沒辦法了，一定要吐掉。

他把信封塞進包包裡，他知道值樹一定會先買單，所以他想什麼時候走都可以。

「原來，追求夢想是這麼難的事嗎？」

張綠水的眼神變得茫然。

他突然敲著自己的頭。

「不要出來！不要出來！不要出來！」

客人和服務生都用異樣眼光看他，他也不管了，緊緊抓著自己的頭髮。

他彷彿可以看到「伊韓亞」坐在值樹方才的位子上。

伊韓亞穿著暗紅色的長袍，舉手投足都像個高雅的貴族，他的笑容卻有一種陰險的感覺，冰藍色的眼眸裡颳著寒霜。

『你知道我付出了什麼代價嗎？』伊韓亞會對他這麼說。

伊韓亞對桌上的食物都看不上眼，但他的臉湊過來，表情扭曲卻很豐富，他的眉頭皺著卻不會有縐紋，眼睛瞪大卻可以表現出他的睫毛有多長。

『我費盡心思才獲得現在的魔力，我把我的身體當作抵押品，要我吃什麼都吃下去了，但那個老巫婆——不對，我要叫師父才對——她對我永遠都不會滿意。』

張綠水怔怔地看著伊韓亞，這演技太驚人了！

『這次討伐吸血女爵，我一定要帶戰利品回去，這不僅是要讓那個老太婆對我刮目相看，也是我獲得自由的條件，所以，全部的人都得死！』

「不對……」張綠水忍不住發言，「那你們之前就不該讓吸血女爵被燒成灰啊！你來討伐吸血女爵，現在你要把剩下的小孩殺死，這跟戰利品有什麼關係？不能帶灰回去嗎？」

「客人？」制服上別著經理名牌的男人來到張綠水桌邊，「您還好嗎？身體不舒服嗎？需要為您聯絡誰嗎？」

「啊？」張綠水一時不知道對方在問什麼，但他能聽到鄰桌的竊竊私語。

「他就是張綠水，綠洲集團的張綠水。」

「他不是跟雪山融資的姚值樹分手了嗎？是誰先甩了誰？」

「值樹在網路上說的好像是真的，張綠水很難搞，不然他為什麼要先走？」

「就是啊，不知道貼文為什麼消失了，一定是綠洲集團搞的鬼吧？」

張綠水懶得跟這些人辯解，反正也沒意義，他抓起包包，起身離開。

他走出餐廳，經理也追了出來。

「不好意思，先生！」

「我沒有事，不用幫我叫救護車，就算我是大公司的繼承人之一，我也不會浪費醫療資源的。」

「您那桌還沒結帳。」

張綠水看到經理雙手奉上的帳單，嘴角都要抽搐了。

那男人分手分得真徹底啊！了不起！

第五章

張綠水邊走邊研究那張會員卡。

最高級的藍鑽會員不是光用錢就可以買到的，最重要的是信賴度。畢竟是「人與人交流」的場合，裡面有很多祕密，如果派對公司把這些洩漏出去，或會員中有人洩漏，那就完了。所以要得到藍鑽會員卡，錢是一回事，家世一回事，重點是這個人在組織裡是不是有參與感以及表現良好……換句話說，就是要參加過很多場派對，經驗值累積上去，最後成為元老會員，甚至主辦派對才有辦法得到。

張綠水心想，說不定值樹就是金主呢！他不是說雪山融資還借錢給人家嗎？

張綠水的目標不是那些奇怪的派對，而是給初學者的聯誼派對，用來認識人的。畢竟，有錢人的圈子很小。

他把會員卡收進西裝口袋，不知不覺走到了河邊。

有人在慢跑、騎腳踏車、媽媽推著嬰兒車，天氣明明很好，他的心情卻有些陰鬱。

他彷彿能看到伊韓亞也來到河邊，但背景是冰天雪地的森林。伊韓亞望著滾滾流水，河邊的石頭都結冰了，很滑很危險，伊韓亞身旁站著黑髮少年，少年將長髮挽了起來，耳朵上方配戴著金色髮飾，鑲著如血珠子般的紅珊瑚。

他們在說什麼呢？

不知道為什麼，張綠水不覺得他們是感情很好的伙伴。

「張綠水先生！」

聽到有人在叫自己，張綠水回過頭來，是艾利。

艾利戴著口罩，沒有穿實驗室白袍，但上衣和牛仔褲好像洗過很多次了，領口和褲管都鬆鬆的。他起先對張綠水揮手，但看到張綠水沒有回應，就尷尬地把手放下。

「很榮幸在這裡遇到你……你看我的訊息了嗎？」

艾利比張綠水高，但他說話的時候卻總是把頭低下來，很卑微的感覺。

張綠水不喜歡。

「什麼訊息？」

張綠水拿出手機，通知這才一條條跳出來。

『您起床了嗎？』

『您今天會到人工生命學院嗎？我請你吃午餐。』

『您在忙嗎？』

『要不要來喝咖啡？』

『不好意思打擾您了，我跟校方申請過了，書可以帶回去看，我把書都整理好了。』

『不好意思……』

張綠水直接拉到最底下，越看越不耐煩。他把通知關掉了，沒想到艾利會傳這麼多條。

「張綠水先生，我來是想告訴您一聲，我跟學校申請過了，您上次沒看完的輕小說可以借出去，我會作為擔保人。我把書都整理好了，您要來拿嗎？」

「不用了。」張綠水語氣冷淡，因為他壓根沒想起這件事。

艾利很尷尬，「可是……不知道故事結局，不會很可惜嗎？」

『什麼結局？』伊韓亞從自己的左邊跳出來，嚇得張綠水睜大眼睛，『我要把所有人都殺光，不是說了嗎？這是我能做的事，為什麼不做呢？』

『孩子們還有救，我們不該在這裡浪費時間！』穿著皮草大衣的黑髮少年——萬尼夏從張綠水右邊跳出來，害張綠水差點心臟病發作。

胸口怦通怦通跳著……

『我有認識的治癒法師，只要你配合我，我們就可以把孩子們全部送下山！現在不是吵架的時候了！』

萬尼夏的表情很嚴肅，卻換來伊韓亞的一聲冷笑。

『為什麼我要配合你？』

『你不是很強嗎？你和我的魔力加起來，可以在彈指間將所有人送回去！只要彈一下手指，就那麼簡單，你為什麼不肯？』

『對啊，為什麼呢……』伊韓亞表現得事不管己，那態度讓萬尼夏很生氣。

『伊韓亞，你不是來討伐吸血女爵的嗎？幫幫我啊！這裡有孩子就要死在你面前了，為什麼你可以無動於衷呢？』

『因為我覺得很爽快。』

『什麼？』

萬尼夏瞪大的眼眸裡充滿著不可置信，眉頭也皺了起來。

『我就是看到有人死掉就會高興的變態，而且我非常享受我現在的樣子。』

『伊韓亞！』

『我終於找到屬於我該有的樣子了……』

「綠水？」艾利看張綠水在發呆，有點擔心，「你還好嗎？」

「什麼結局……我還沒決定好要殺誰！」

「……」艾利眨了眨眼，愣住。

張綠水也意識到自己講錯話了，「抱歉，我是在想事情……」

「沒關係。」艾利點了一下頭，彷彿在口罩下露出了了然於心的微笑，「你是來散步散心的嗎？那個……我不會說好聽的話，但希望你不要衝動……我會……幫你的……」

「幫我什麼？」張綠水滿臉問號。

「如果你要殺誰，不需要自己動手，一定會有人願意幫你的。」

「啊？」張綠水越聽越不懂。

「人類很脆弱，有很多弱點……而且我什麼都沒有，所以無所謂。」艾利越說越小聲，他把自己的手掌握在背後，不然會發抖，「請你不要衝動……」

「我為什麼要衝動？」

張綠水覺得自己很平靜，反倒是艾利抖得太厲害，連肩膀都在抖，艾利才比他衝動吧？跟這種男人走在一起，一點也不酷，但張綠水還是沿著河岸走。艾利走在他旁邊，保持著一種巧妙的距離，不會離得太遠，也不會不小心碰到，而且艾利走路的時候還駝背，讓張綠水有點看不慣。

「你到底在說什麼？我從頭到尾沒有一句聽懂，你這種程度到底是怎麼考上T大的？」張綠水的口氣一聽就是嫌棄，他也不想掩飾，反正對方不是教授。

「許教授作為我的擔保人，讓我直接考碩士班進來的。」艾利回答自己的事時倒是說得有模有樣，聲音沒有發抖。

「什麼？」

「我只有在小學上過幾天課，後來就沒讀了。許教授是說，要先把能受世人認可的學歷建立起來。」

「等一下……」

張綠水轉用他不常動的腦細胞，通常小學六年、國中三年、高中三年，然後考大學，每個人的時間歷程都差不多，但艾利怎麼……

「你是跳級生吧？」這是張綠水得出的結論。

「是遇到許教授，他直接讓我考碩士班了。」

「有那種事？」

張綠水從沒聽過跳級跳到這種程度的，不過，這表示艾利沒有讀過國中跟高中嗎？這怎麼可能。

「我有通過同等學歷資格考，是合法的，不是教授動用個人關係讓我進來的。」

「唉，你再講下去我也聽不懂。」

張綠水也不可能去翻法條，反正結論就是：艾利很聰明。

「我的事不重要，你比較重要……」

艾利的聲音全悶在口罩裡，聽得張綠水有點想笑。

「我？你說我嗎？我有什麼事？」

他剛剛是說漏了兩個字吧？張綠水的臉上維持著一定程度禮貌的微笑，心裡卻想著，艾利一定是說漏了兩個字，他想說的應該是「你的事比較重要」——絕對是漏掉了！

「你不是在說要殺誰嗎？」

「那是……」張綠水突然說不出口。

他一看就是有難言之隱的樣子，讓艾利的心都揪起來了。

「如果我說錯的話，請你不要生氣，但是……是前男友的事嗎？」艾利的聲音像蚊蚋，小到不行。

聽到有人提起那個男人，張綠水就想鑽進地洞裡，「你也看到貼文了嗎？」

「是的……」

「他刪文了。」

「是，但我聽實驗室的學姊說，你們今天中午一起吃飯，有人目擊到。」

「我沒發文，他也沒發文，關注我們的人還真多。」

「你們很有名嘛……」

艾利抿了抿唇，傻笑起來，但他的笑容除了那彎彎的眉眼，其餘的都隱藏在口罩裡了。因為兩人是平行走著，張綠水只看著前方，沒看到艾利的表情。艾利就是知道張綠水不會看他，才敢笑的。

「你們很配，我是真心祝福你們。但是你跟他分手以後，不知道會不會很難過，我前陣子還很擔心。」

「你擔心什麼？」張綠水真是搞不懂這個人。

「就是……怕你很難過……」

「對喔，你是『目擊者』。」

張綠水一開始只想到貼文，但他忘記艾利在派對公司打工，正是親眼看到那一段過程的人。

「所以你心裡有什麼話可以跟我說，把我當你的垃圾桶，不要做出以後會後悔的事。」

張綠水皺著眉，心想，他是不是誤會了？

「要殺一個人很簡單，但後果難以衡量。我知道憑綠洲集團的能力，這些都不是問題，但是……對方也是財閥的人，如果你能消消氣，試著用別的方式解決問題……不是解決有問題的人……會、會比較好吧？」

艾利說得很不確定又沒自信。

張綠水身邊不會出現這種沒自信的男人，因為大部分的人都有自知之明，不會靠近自己沒把握的對象。但艾利的沒自信……真的是自信心的問題嗎？他在介紹凡妮莎博士的時候，可不是這種語氣。

「好像有道理。」

「啊……」艾利突然張大嘴巴，倒吸一口氣，但他戴著口罩，又把手摀在口罩上，簡直像在對世人宣告他驚訝的表情，那口罩完全起不了掩飾的效果，「您剛才是同意了我的話嗎？」

「嗯。」其實張綠水沒仔細聽，但他想看看對方會有什麼反應。

「真是太榮幸了，你居然會同意我的話，不對，我應該說『您』才對——您居然會同意我的話——真是太榮幸了……」

「這沒什麼同意不同意的問題吧？」會不會太誇張了？

「因為我真的很擔心你會去殺人……很害怕……」

「哈，怕我是殺人魔嗎？」張綠水更想逗著對方玩了。

「我怕你會惹上麻煩。要是你去坐牢，我就見不到你了……」

「……」

「……」

「……！！」什麼啊！

張綠水突然也想戴上口罩了，這神奇的氣氛是什麼？為什麼好像有花瓣灑下來，為什麼耳邊會響起電視劇的配樂？

『我的生命裡從來沒有像你一樣溫暖的花～你就像陽光灑落在雪地上～』

為什麼他突然不覺得艾利洗過很多次的上衣很老土了，走在他旁邊也不覺得他很礙眼，這到底是為什麼？

「一定是……」張綠水抓著自己的胸口，「我用腦過度了。」

平常很少用的大腦，只有在靈感降臨時會超速運轉，想出人物設計、台詞、場景等等，就像有真實的畫面在自己眼前上演，然後他再把這些畫面捕捉下來。但這個過程很耗腦力，他平常腦細胞都沒在動，突然來這麼多靈感，一時間受不了了，要爆掉了！

「艾利。」

「是，怎麼了嗎？」

「你知道要怎麼讓我放鬆嗎？」

「呃……」

「有一件事可以讓我的大腦什麼都不想，就不會那麼難過了。」

「那……」艾利口罩下的嘴唇在顫抖，「可可可可可……可以……可以、可以讓我……可以讓我幫忙嗎？」

「當然，我正想要讓你陪我。」張綠水勾起唇角。

◆

「呀啊啊啊啊啊啊啊啊——！」

張綠水雙手高舉在空中，在雲霄飛車往下墜落時放聲大叫。

「啊啊啊啊啊啊啊啊——！」

他幾乎全程都在叫。

艾利坐在他旁邊，痛苦地緊閉雙眼，沒有發出半點聲響，但等到雲霄飛車停下來，安全柵欄升起，乘客走出設施後，他搖搖晃晃地走到路燈旁的垃圾桶，發出了另一種聲音。

「嘔噁噁噁噁……」

「真是沒用耶，你這樣還算是男人嗎？不，還算人類嗎？你要不要去當機器人算了，哈哈哈！」張綠水保持著一段安全距離，確定自己不會聞到怪味。

「喂，你沒事吧？」張綠水嘆了一口氣，像一個對下屬失望的總監。他走到艾利身後，拍了拍艾利的背，「你是不是下午吃太多了？你以為男生就不用時常保持身材嗎？一定是你吃太多了！」

「早餐都……我去一趟洗手間。」艾利小聲地道。

「快去吧！現在的年輕人啊……只是轉個三百六十度就受不了了，這樣能成大事嗎？真是的……快去吧！去去去！」

張綠水此時就像個慣老闆，完全不覺得下屬已經累得像條狗了，還嘻皮笑臉地揮手。但在艾利走後，他臉上的笑容慢慢收了起來，在附近找了張長椅坐下。

他知道艾利不在意他的態度，只是不知道原因，不過這種感覺……很輕鬆。想說什麼就說什麼，沒有人錄影或拍照，他自己也沒有拿出手機的意願，只是想要大叫、大笑。像欺負弟弟妹妹的哥哥，雖然說是「欺負」，但如果這時候有大人來，兩個人就會變成同一陣線，馬上聯合起來躲大人。

他跟艾利不是家人，那算不算朋友呢？

其實他也不太確定……

在等人的時候，張綠水本想拿手機出來滑，但還是放回口袋裡，看著四周的風景。

太陽快下山了，他們買的是星光票。因為是平日，遊樂園裡只有少數幾對情侶，應該是放學後過來玩的吧。入園的人不多，很多設施都不用排隊。

「應該快不行了……」張綠水伸直雙腿，又嘆了口氣。

自己怎麼一直嘆氣呢？真是的……

他敲敲大腿、小腿，但又覺得這個動作很像老人，就不做了。

「我那麼年輕可愛，怎麼可以……唉……」不行，不能再嘆氣了！

一道陰影降臨，張綠水抬起頭，看到艾利蹲了下來，手上拿著冰淇淋甜筒。甜筒的餅乾外隔著紙巾，艾利沒有直接用手接觸到食物，他把甜筒遞向張綠水，彷彿他拿著的是一束捧花。

那一瞬間，讓張綠水怔了一下。

『我的生命裡從來沒有像你一樣溫暖的花～～你就像陽光灑落在雪地上～～』

他耳邊彷彿又響起電視劇的配樂，那個「花」字和「上」字還要用深情又有爆發力的嗓音來唱。

「你還好嗎？」

艾利的聲音讓張綠水分不出是溫柔或低啞，或者都一樣。

「玩刺激的遊樂設施會人腦釋放出激素，幫助提振精神，情緒也會獲得改善，但是瞬間釋放的激素突然停下來，人腦反而會感覺到一股落差，這種落差會讓情緒掉下來，這時候補充一點糖分，就會好一點了。」艾利伸長手臂。

張綠水隔著紙巾，拿起甜筒，「你怎麼知道這是我喜歡的口味？」

「是嗎？」艾利顯得很意外。

張綠水卻覺得這「意外」是假的，因為他正看著艾利的眼睛。

艾利為了將甜筒遞給他，呈現單膝蹲著的姿勢。他坐在長椅上，所以身體比艾利高，他才有機會直視艾利的臉龐。雖然這張臉有一半都藏在口罩底下，但是這並不妨礙他觀察艾利的眼神。

即使戴著舞會面具，他也可以從臉的下半部和眼神辨別對方。如果是熟人的臉就沒有那麼難認，他都看過艾利那麼多次了——他說的是臉——所以，艾利有沒有戴口罩都一樣，張綠水認為自己可以看穿艾利的表情。

艾利在裝傻，「這是很受歡迎的口味，我問店員的。」

「嗯。」張綠水吃了一口。

草莓口味的冰淇淋，酸酸甜甜，還吃得到果肉，算是很大眾流行的口味，也許是自己想太多了吧。

「你蹲在那邊幹嘛？來坐啊。」張綠水將頭一撇。

「我可以坐在你旁邊嗎？」艾利問。

「不然你要坐在哪裡？」

長椅沿著花圃排列，附近的長椅都還有空位，但長椅跟長椅之間都隔著一段距離。

艾利坐到張綠水旁邊，好像很緊張，不斷搓著手，也不敢靠上椅背。

「你沒有買水嗎？」張綠水看艾利兩手空空。

「您要喝水嗎？」艾利馬上東張西望，看哪邊有在賣礦泉水。

「不是我……」只有他一個人吃東西，他會有點不好意思，「你剛剛不是不舒服嗎？沒有幫自己買瓶水嗎？」

「喔，我去洗手間洗過臉了。」

「我是說喝的……」

「我漱過口了。」

張綠水覺得自己好像在雞同鴨講，「我的意思是，你剛剛不是吐得很嚴重，不用幫自己買點什麼東西嗎？」

「不用了。」艾利好像在微笑，他的眼角微微彎起，「我已經沒事了，你還有什麼想玩的嗎？」

「我也……」

張綠水本來想說「我也還好」。他沒有一定要玩到什麼，但突然，燈亮起來了。

太陽隱沒在紫色的雲層裡，天空還有一抹不願離去的光，但園區內已經點起了路燈，樹上的彩燈也亮了，映照在兩人臉上，讓輪廓變得昏黃。

拖著艾利去玩那些會尖叫的設施好像太可憐了，所以，張綠水就繼續坐在長椅上，反正冰淇淋也還沒吃完。

他專心吃著冰淇淋，視線都在前方，但他可以感覺到艾利正轉頭看著他，視線都放在他身上。艾利沒有說話，張綠水也不知道要說什麼。雖然兩人之間是安靜的，張綠水的腦中卻響起電視劇的配樂：**『我的生命裡從來沒有像你一樣溫暖的花～你就像陽光灑落在雪地上～漆黑的永夜啊～請你趕走它～』**

連後面兩句歌詞都出現了！

艾利大概是察覺到自己一直盯著人家看很沒禮貌，他把頭轉開，換成張綠水轉頭看著艾利。

艾利也像他剛才那樣，視線望著前方，好像在發呆，張綠水也不確定艾利有沒有察覺到他的目光。

「現在都沒人，你還不把口罩拿下來嗎？」

可能是因為天黑了，園區裡的人更少了，再過不久就會閉園，所以星光票才比較便宜。雖然對張綠水來說都沒差，但他們從T大搭車過來就花掉一段時間了，買星光票比較划算。

艾利聽話地摘下口罩，這一舉動倒是讓張綠水很意外。

張綠水看著艾利的側臉，想起那名有性感下顎稜線的青年——伊韓亞，彷彿正對他勾起嘴角，邪魅地看著他。

「艾利，其實啊……這裡以前是綠洲集團的，我小時候進來玩都不用錢。」

艾利露出了疑惑的表情。

「之後好像經營不順利，一直在虧錢，我爸就把這裡賣掉了。」張綠水看著如今的遊客人數，不禁嘆氣，「現在好像也一樣，應該又快倒了吧。」

艾利也看了看四周，真的都沒人，反倒有員工一邊巡邏一邊趕客人。

「那邊本來有一間飯店。」張綠水轉頭，指向自己的左後方，「可是發生了火災，後來也賣掉了，現在要拆掉、蓋豪宅。」

艾利順著張綠水指的方向看過去，遠方有一棟高樓建築，外牆包著鷹架和帆布。

「這一帶並不適合蓋遊樂園，連我都知道……因為這一帶的房價太高了，蓋房子還比較賺錢。」連他這種笨蛋都知道，那表示其他的生意人、大老闆一定也知道，「我姊姊在國外是學飯店管理，但她回來時已經沒有飯店可接手了，哈哈。」

張綠水一邊吃著冰淇淋，咬下一口餅乾外層，還是酥脆的。

艾利一直沒說話，害他有點尷尬。

「其實我們集團……也沒有多厲害，你會不會這樣覺得？」

「……」

艾利在思考他對商業領域不是很熟悉，但他可以去找資料。

「我家很有錢，但比我們有錢的大有人在。一山還有一山高，所有人都在拚命努力地往上爬，不斷擴張、併吞，不知道要吃到什麼時候。」張綠水抿了一下嘴唇，任由冰淇淋慢慢融化，「可是我不想吃，不行嗎？」

他轉頭望向艾利，艾利也望著他。

「我不想變成一隻暴食的怪獸。」

融化的草莓冰淇淋滴到紙巾上，但張綠水還是看著艾利，他在艾利淺紫色的眸子裡，看到連失戀時都沒有此刻悲傷的自己。

「你會看不起我嗎？」

艾利搖了搖頭，張綠水可以看到他的眼神裡真的是這麼覺得。

「你是一個有選擇的人，做你喜歡的事情就好了，不需要委屈自己。」艾利從牛仔褲口袋裡拿出紙巾，遞給張綠水，「你喜歡做什麼呢？」

張綠水這才注意到冰淇淋已經滴下來了，他趕快舔掉，並從艾利手裡接過一張新的紙巾。

「我……」張綠水無奈一笑，「我不知道。」

「……怎麼會呢？」艾利一臉疑惑，他是真心不理解。

「我一直覺得，我做什麼都沒有用。我不是頭腦很好的人，也不喜歡唸書……所以，我對家裡的貢獻大概就是結婚，讓大哥和姊姊經營綠洲集團會比較容易。」

「你喜歡結婚嗎？」艾利更疑惑了。

「呃……」張綠水很難回答喜歡或不喜歡，因為如果是跟自己喜歡的人，那當然喜歡啊！

「我的意思是，像政治聯姻那樣，雙方可以有一些合作之類的。」

「那不是合作就好了嗎？」

「哪有那麼簡單……」

「沒有嗎？可是，你不是拿著產學合作過來，我們已經在合作了啊。」

「你是白痴嗎？」張綠水把軟掉的甜筒餅乾塞進嘴裡，一臉嫌棄。他一邊嚼著，等吞下去了才道：「所謂合作，是對你有利、對我也有利，現在只有我們集團在灑錢，而你做了什麼對我有利的事？」

「對不起……」

「幹嘛道歉？」看到對方畏畏縮縮的，張綠水就莫名不爽。

「因為你說的對，是我不懂財閥的生態。你有你應該考慮的事，我雖然不懂，但我知道你很煩惱，我說過我願意當你的垃圾桶，這個承諾一輩子都有效。」

「一輩……」張綠水突然怔住了，但他用生氣來掩飾，「產學合作了不起嗎？你以為在做什麼很厲害的事嗎？都還沒賺錢，不要以為自己很了不起！」

「我沒有……」

「你知道大家都在做嗎？我們不做就會輸給別人！會找學生，是因為你們很便宜啦！」張綠水的手故意一直戳艾利的手臂。

一直戳、一直戳，但他覺得觸感有點奇怪，好像是戳到什麼硬硬的東西……

「你把金屬手臂帶過來了嗎？」張綠水問。

「沒有。」他們在河岸散完步就搭車過來了。

「你把機甲穿在裡面嗎？」

「我今天還沒進實驗室。」

「那為什麼……？」張綠水覺得有點不對勁，「你把袖子拉起來。」

艾利乖乖照做，但他只把袖子拉到手肘。張綠水把艾利的手搶過來，直接拉到上手臂，看到艾利居然有肌肉，他瞪大眼睛。

「每天都待在實驗室的書呆子，居然有二頭肌……」張綠水的表情就是羨慕嫉妒恨。

「沒有每天……」艾利自認沒那麼認真，「宿舍有健身房，我有查過，網路上有教設備要怎麼用。」

「你體力很好嗎？」

「還好……」艾利十分困惑，「怎麼了嗎？」

「我都長不出肌肉，體力也不好，跑一下就覺得很累，又不喜歡拿重的東西。」

「可是你很瘦啊。」還很漂亮……

「那是因為我都沒運動才瘦啊！這副身體穿衣服好看，脫下衣服就不行了。」所以他很討厭在別人面前脫衣服，「你不可以洩漏出去喔！」

「洩漏什麼？」

「我跟你說的話、我們一起做的事，這些你都不可以跟別人說，尤其是不准放到網路上，知道嗎？」

「我才不會呢……」

那些都是專屬於他的美好回憶，為什麼要放到網路上和別人分享？自己獨享就夠了。

艾利這麼想著，臉上也漸漸泛起微笑。

雖然不知道對方在笑什麼，但艾利微笑的樣子不難看，所以張綠水就不計較了。

「我們來拍照吧！」張綠水拿出手機，卻抬頭望向夜空。

「可是你剛剛不是說，不要放到網路上嗎？」

「我都這樣說了，當然是要拍可以放到網路上的。你真的很笨耶！這麼不會察言觀色，到底是怎麼長到這麼大的？不知道外面的世界很競爭嗎？你爸媽一定把你保護得太好了。」

「……」艾利臉上的微笑突然間凍結，他戴上口罩，又像沒事發生一樣，「好，我們來拍照。」他的聲音低沈又平穩。

「不行，不要用我的手機。」張綠水叫出漂浮螢幕，看著自動對焦的鏡頭卻不滿意，「我的手機性能太好了，拍出來的照片太漂亮，會讓人覺得我很做作……對了，用你的！」

「咦？」艾利愣了一下。

「用你那種舊型的，要自己把人物擺進螢幕裡面，這樣才能凸顯我的拍照技術。你就照我說的做，知道嗎？」

「是……」

張綠水站在樹燈下，連續擺了好幾個姿勢。他笑靨如花，開朗、可愛又略帶性感的模樣讓人離不開視線，連過來趕人的員工都忍不住停下腳步，等這組客人把照片拍完。

「我看我看！」張綠水湊到艾利身旁，但在看到古老的手機螢幕上不會飄起來的視窗後，他的笑容就慢慢收了起來，「這什麼啊……」

他變臉的速度一定能得最佳演員獎。

「這張人太小，這張太黑……我都站在燈下了，為什麼會太黑？角度根本不對啊！」張綠水一邊罵，一邊滑著艾利的手機，還一臉嫌棄，「這張太遠了，這張是在拍哪裡？把我放在畫面左下角，上面一團過度曝光，我叫你拍文青風，為什麼看起來像鬼片？」

「對不起……」

「說對不起有用嗎？為什麼把我的臉拍得那麼醜？」

「可是你沒有很醜。」

「照片很醜啊！」

「呃……」艾利抓抓頭，沒辦法反駁，「不是真人漂亮就好了嗎？」

張綠水放開為了看手機而抓住的艾利手腕，小嘴噘了起來，「為什麼我覺得有點討厭，又無法真的對你生氣呢？」

「這……我也不知道……」艾利尷尬地低下頭。

「噗哧！」附近有人偷笑。

張綠水臉色一變，立刻朝那些人看過去。眾人馬上噤聲，低頭做自己的事。

遊樂園的員工不知道是認出了張綠水，還是不想介入這兩人之間，畢竟情侶吵架嘛……男友拍的照片不能看很正常。

「他們要閉園了，用我的手機拍一拍就走吧。」張綠水叫出漂浮螢幕，對鏡頭眨眨眼、笑一笑，一下子就拍好了。

「那……這些照片你還要嗎？」

艾利指著自己的手機，張綠水卻擺了個「你很煩耶」的表情。

「你自己留著吧。」張綠水把漂浮螢幕滑開，暫時不急著上傳動態，並且很快就恢復了好心情，「我請你吃飯。」

「現在嗎？」

「我餓了，我們在附近隨便吃一吃就好，我要送你一個禮物，當作今天的謝禮。可惜有時間限制，不快一點他們就要關店了。」

「什麼意思……？」

「你跟著我就是了！」張綠水得意地笑著。

第六章

兩人回到市區，吃過晚餐後，張綠水帶艾利來到一家店。

這家店的門口，整條街的路燈都仿造古代煤氣燈的造型，人行道上鋪著沙白色的地磚，看起來高雅貴氣。行人不多，但衣著光鮮華麗；馬路上的車變少了，不是因為時間晚了，而是這一帶沒有大眾運輸經過，只有私家車停在路邊。

張綠水走進店裡，穿著制服的員工已經站好左右兩排，向他鞠躬。

「晚上好，今天想看什麼呢？」帶路的經理笑著問。

那笑容的角度完美，不會讓人覺得諂媚，又剛好讓人覺得親切，而且又是一位面容清秀的男子。張綠水是看習慣了，但艾利沒見過，頓時眼睛不知道要擺哪裡。

「今天嘛……」張綠水故意站到經理的前面，讓艾利只能看著他，「艾利，我要送你一份禮物，這家店的東西你全部都可以選，不滿意的話對面還有一家，他們是打對台的。」

最後一句，他用悄悄話的音量講，但剛好可以讓經理聽到。

經理不愧是專業人士，「兩位要喝什麼呢？恕我冒昧，晚上喝刺激性的飲料不太好，我們有可以幫助睡眠和美容的玫瑰花茶、薰衣草奶茶和洋甘菊茶，咖啡、紅酒和香檳也有。」

說完，他微微鞠躬，並讓路給張綠水，請張綠水入內。

他的笑容完全沒有變化，反倒讓張綠水覺得有點可怕，這種人一定是菁英……跟他不一樣。

但又怎麼樣呢？他是客人，他最大。

店裡有幾個假人，展示著當季服飾，但是沒有給客人挑選的架子。都這個時間了，店裡也沒有其他客人，給ＶＩＰ客人的試衣間在裡面。

「艾利，走吧！」

「我覺得不太好……」戴口罩的艾利有意迴避店員們的目光，因為憑他的穿著，進來這種店就很奇怪，那些人好像會嫌棄他把地毯弄髒。「你不用送我東西，真的……」

張綠水雙手抱胸，像在看一個不成材的學生，「艾利，我是看在你穿著很破爛的份上，才想送你一套西裝的。」

「……」艾利皺了一下眉，疑惑的成分比較多，「送我……嗎？」

「要當博士的人，不是學術菁英嗎？你看你的領口，都變形了，衣服也褪色了，牛仔褲到底有沒有洗過啊？真是的，球鞋也好髒。」

「對不起……」

艾利心裡正瑟瑟發抖，明明一整個下午，張綠水都沒嫌棄，為什麼在這麼多人面前……

「所以啦，放心交給我吧！如果你以後要上台報告、領獎什麼的，穿那樣會被笑。你都唸到博士候補生了，總有上台的機會吧？」

「是候選人。」

「沒差啦！」

「如果要上台的話，許教授會幫我準備，他會借我穿。」

「許教授對你這麼好？」

「嗯……」艾利猶豫地點了一下頭。

張綠水不禁想，艾利還真是得意門生啊！被栽培到這種程度，連上台的服裝都會準備，教授很用心呢！但是，連衣服都準備……那種貼身的東西，像襯衫，會直接接觸到艾利的肌膚，艾利卻穿別人的，讓張綠水不知道為什麼有點不太開心。

「總之現在有我了，你可以來跟我借。」張綠水拍胸脯保證，但艾利卻有點為難。

「我們尺寸不一樣……」

「吵死了！給我進去啦！」張綠水指著通往ＶＩＰ試衣間的通道，那裡也站著店員，準備接待，「你陪我這麼久，讓我很開心，我想為你做點事嘛！」

「可是……」即使沒有看到衣服的吊牌，但艾利光看店的位置、店內裝潢和店員們的接待方式，就知道這裡的東西一定很貴，「我不能收。」

「可是我想送啊！」張綠水像個耍脾氣的小男孩，他輕輕晃動身體，卻不給人做作的感覺，他微微噘嘴、不情願地看著對方，讓不答應他的人都像罪人了，「艾利～～！」

「先生，我們有很多配飾、帽子、鞋子——」

這次，經理犯了一個錯誤，他自作聰明地給出意見，以為這樣可以讓這名高大的男子快點走進試衣間，也算是了了張綠水的心願，但張綠水的笑容反倒瞬間收斂，只差沒有罵一句：你插什麼嘴？

察覺到張綠水的表情變化，經理冷汗一冒，但臉上還是不動聲色。

「很抱歉。」經理識相地退到旁邊。

發現自己讓無關的人為難了，艾利便不再推託，「那就……先謝謝你了……」

他的頭低到不能再低，因為戴著口罩、瀏海也有點長，整張臉幾乎都要被蓋住了。

他跟在張綠水身後，走在鋪著絨毯的地上。走著走著，吸了吸鼻子。

張綠水聽到奇怪的聲音，回頭，「艾利……你在哭嗎？」

艾利戴著口罩看不出來，但因為張綠水叫他，他抬起頭，在天花板強燈的照射下，他的眼眶濕潤，淺紫色的眸子像沾著露水的洞窟水晶，給人神祕又想一窺洞底的感覺。

先不管艾利哭的理由，一個大男人突然哭起來實在太奇怪了。

經理是專業人士，但其他店員會跟他一樣專業嗎？張綠水可不敢肯定。

「喂，你們店裡是不是有噴什麼東西？」張綠水率先對經理發難。

「啊，因為最近天氣比較涼，為了預防客人感冒，我們嘗試使用了薰香，大家都說味道很好。」

「你不知道有人會對那種味道過敏嗎？」張綠水指著經理罵。

空氣裡有一股淡淡的香水味，但那是不是預防感冒的薰香就不得而知了。經理很識相，他立刻把這件事扛下來。

「真的很抱歉，我立刻請人開空氣清淨機，並把薰香儀關掉。」經理再度對兩人鞠躬，並打開試衣間的門，「兩位請稍等一下，我馬上回來。」

張綠水和艾利一起走進試衣間，後面那些端飲料、排隊，像神明出巡一樣跟在後面的店員統統沒有進來，室內只有他們兩人。

「艾利，擦一下臉吧！」

張綠水的口袋裡只有剛才在遊樂園時，艾利多拿給他的紙巾。張綠水看紙巾皺皺的，雖然是乾淨、沒用過，但是放在他口袋裡放那麼久，還拿給人家擦臉……好像不太禮貌。

「謝謝。」

艾利不在意，他在張綠水把紙巾收回去之前想拿下紙巾，就握住了張綠水的手。

兩人手指相觸，體溫的差異也傳了過來。

在那一瞬間，就是人家說的「好像觸電」，但觸電是危險的，手應該會突然放開才對，兩人的手卻慢慢拉起來，彷彿彼此都想要更深一層的觸碰。

艾利拿下紙巾，有意迴避張綠水的目光。張綠水的眼裡則都是疑惑與驚訝，因為他並不熟悉這樣的感情。

艾利轉過身，拿下口罩擦臉、擤鼻涕。

「你哭什麼啊？」張綠水坐到試衣間裡的沙發上。

「就……」艾利欲言又止，可能連他自己也不知道發生了什麼事，「對不起……讓你沒面子了。」

「不會啦。」張綠水坐在沙發上，等艾利自己轉過身來。

艾利已經平復好心情了，但他遲遲沒有轉回去面對張綠水。

張綠水看著艾利的背影，艾利有點駝背，但還是比他高，「你幾公分啊？」

「什麼？」

因為疑惑，又因為面對面講話比較有禮貌，艾利毫無防備地轉過身，沒有戴上口罩。

方才為了擦臉，艾利把瀏海往後撥，因此張綠水得以看到艾利「完整」的臉。

張綠水怔住了。

「我當然是問身高，不然還會是……哪裡……？」

艾利好像有混血兒的基因，他的五官線條銳利，手長腳長，目測就超過一百八了，如果站直，可能會到一百九……張綠水在網路上看過，手長腳長的男人「那裡」也會比較長……

叩叩。

突然有人敲門，張綠水故意先乾咳，再道：「進來！」

經理帶著出巡部隊把小蛋糕、小三明治、飲料都端來了。他打開試衣間的另一個門，那裡有店員推出衣架，上面掛著供客人試穿的衣服，都是當季現貨或搭配師挑選的，讓客人不用擔心選擇障礙。

張綠水坐著的沙發對面，就是厚重布簾垂下來的試衣空間。

「兩位要一起換嗎？這裡有個台階要小心。」經理走到布簾旁邊。

「不用，他去就好了。」張綠水一指艾利，「我看一下外套。」

店員把衣服掛在牆上，衣架都為客人拿下來了，艾利亦步亦趨地走到台上，經理一把上布簾，瞬間把室內分隔成兩塊區域。

張綠水看了一下推薦的幾件西裝外套，也試穿了。他把自己身上的外套脫下來，稍微套一下，對著鏡子轉一圈，就決定好要買哪幾件了。

他花錢花得很乾脆。

在等艾利的時間，他連帽子、鞋子都看了，都沒有喜歡的。還喝了香檳、吃了三明治，上過廁所了，滑了一下手機，把自己穿新衣服的照片發到網路上——這不是炫富，這是他的日常生活。

……艾利都沒還出來。

經理不好催促，他已經提醒過要店員統統閉嘴。綠洲集團的張綠水不是好伺候的，他出手綽闊，但是翻臉比翻書快。而且張綠水先前在這家店消費過，他決定商品的時間很短，說不要就是不要，所以絕對不可以向他推銷。

但是，張綠水沒有帶「朋友」來過，經理的客戶資料還沒更新，剛才才會失誤。

「艾利，你是掉到海裡了嗎？」張綠水等得不耐煩了，「你換一件衣服的時間，我都可以換十件了！」

「請請請請等一下……」

「啊？」張綠水挑眉，雖然心裡沒有真的不爽，但他講話的音量故意放大，裝作很不爽的樣子。

「真的再等一下！」

「我已經等你夠久了，我數到三，我不管你是不是只穿著內褲，我都要把簾子打開！」張綠水抓著簾子邊緣，「一～」

「快要好了！」

「二～」

經理的表情不動，但在心裡為這年輕人默哀，有的店員已經提前把頭轉開了。

「三！」

刷的一聲，簾子被拉開，張綠水愣住了。

他原本只是想捉弄艾利，沒有惡意，就算艾利真的穿一條內褲也……不會怎樣。但艾利早就把西裝穿上了，張綠水沒有看到半塊他脖子以下的肌膚，卻突然覺得胸口怦怦跳。

艾利穿著米灰色的三件式西裝，這種顏色比較偏白，灰的成分比較低一點，很適合平常都在穿實驗室白袍的男人。

米灰色西裝裡面是黑色的襯衫，可能是因為西裝或襯衫比較貼身，讓艾利不自覺把背挺直。他的背挺直了，西裝那有點小收腰的線條就顯露出來了，襯得他的身材結實挺拔。人適合穿這套衣服，衣服也讓人更加耀眼。

艾利從剛才就一直沒戴口罩。他把瀏海撥上去，但幾綹髮絲還是垂了下來，讓他在燈光的照耀下，竟有一種奢華糜爛的氣息。

所有人都目不轉睛。

張綠水後退一步，但他沒注意到後面有台階，就在他差點要踩空的時候，艾利抓住他的手臂，把他拉向自己，順便轉了一圈，張綠水因此掉進艾利懷裡。

艾利一手拉著張綠水的手，一手摟著張綠水的腰，把張綠水像公主一樣抱起來，兩人四目相對，張綠水能看到艾利淺紫色的眼眸，彷彿變得更深邃。

電視劇的配樂在他耳邊響起。

『我的生命裡從來沒有像你一樣溫暖的花～你就像陽光灑落在雪地上～漆黑的永夜啊～請你趕走它～燃起我生命的熱情吧～』

該死！整段副歌都出來了！

張綠水看著男人放大的臉龐，好像在舞台上閃閃發光，他卻小口呼吸著，就怕讓對方發現他現在很需要氧氣。

「這套衣服有很多釦子……」艾利的視線向下一瞥，但很快又回到張綠水臉上，「我不會打領帶，剛剛上網搜尋了一下……」

張綠水頓時感到口乾舌燥，「你怎麼不叫店員幫忙？」

「我不好意思……」

「那怎麼不叫我呢？」

張綠水的聲音越說越小，好像要融化在自己口腔裡了。在艾利的凝視下，他的眼皮顫動了幾下，眼睛快要瞇起了。

「因為……」艾利俯下身，讓自己的聲音能出現在張綠水的耳邊，又不會被別人聽見，「真的只穿一條內褲的樣子被你看到的話，怎麼辦？」

「……」你怎麼知道我不想看？

張綠水還來不及說，艾利就把他扶正，讓他站好，結束這猶如電視劇男女主角可能因為閃車、跌倒、扶東西等各種原因，不小心抱在一起的畫面。

張綠水突然想起下午在遊樂園的時候，艾利說到腦內激素什麼的。但現在像沒有結束的雲霄飛車，即使艾利的手已經離開了他，他還是能感覺到體內的悸動。心臟怦通怦通跳著，好像要跳出來了。

艾利也有點尷尬，「呃……這套可能不太適合我，我去把衣服換下來。」

「不是衣服的問題！」張綠水很快表示。

「……」

艾利不知道要接什麼話了，只能低著頭。

「結帳！」張綠水拿出手機，用行動裝置付款。

「是。」經理馬上把電子帳單結算出來。

至於張綠水要買的是哪些就不用確認了，至少那男人身上的全套行頭都會算在裡面。

離開之前，艾利還是堅持要把西裝換下來，穿回自己原本的衣服。新買的服裝都裝在大紙袋裡，包括張綠水的份，都由艾利揹著。

兩人沿著人行道慢慢走，路燈使氣氛變得朦朧，張綠水明明可以叫車，但他沒有拿出手機。

「你今天不是問我，我想做什麼嗎？」

張綠水又一次當那個打破沈默的人。

「嗯。」

艾利記得自己的話，他什麼都記得，張綠水要說什麼他都會仔細聆聽。

「我問你一個問題喔，你會想殺掉一群人，還是救他們？」

「呃……」這問題沒頭沒腦的，但艾利試圖釐清，「為什麼要殺人呢？這中間是不是有不為人知的原因？」

「嗯……」張綠水一邊思考著，一邊往回家的方向走，「除了他是變態殺人魔，應該是看到那群孩子沒救了吧？因為看到他們的狀況很危險，有可能會成為下一代的禍害，所以想要將禍苗消滅。」

「什麼樣的禍害呢？」

艾利還是不太懂，但可以跟張綠水並肩行走、很普通地聊天說話，他很開心。

「會變成吸血鬼。」

「你的意思是，如果不把一群孩子殺掉，他們以後會變成吸血鬼嗎？」

「嗯，可是有另一個人說要救他們。他有人脈，可以聯絡到一個治癒法師，問題是要把這群孩子移動到安全的地方，光靠他一個人做不到，他不知道怎麼辦了……」張綠水搖頭嘆氣，「萬尼夏」只會叫「伊韓亞」幫忙，這樣的角色有點遜。

「另一個人不想幫他嗎？」艾利覺得自己好像抓到一點線索了。

「嗯，他很自私，但是也不想浪費時間，萬一在他們爭執的時候有孩子轉化的話，就要開始戰鬥了。」

「所以，好像沒有兩全其美的辦法？」

「對吧？」張綠水雙眼一亮，像遇到了知音，「你也覺得吧？這問題真的很麻煩，我想了好久都沒有答案，到底要殺還是不殺，我好煩惱喔！」

「如果是我，應該會站在救人的那一邊。」艾利道，自從他離開店裡就一直沒戴口罩，但他自己卻沒注意到，也沒有不自在，「因為……救人總是比殺人好吧？我覺得大部分的人都會這樣想。」

「可是那樣很無趣耶！」

「為什麼？」艾利不解。

「所有人都活得好好的，就沒有精彩刺激的地方了……」

「你比較希望把那些人殺掉嗎？」

「我呢……」

張綠水不好意思說，事到如今，他是比較站在伊韓亞那邊的。沒辦法，誰叫伊韓亞出場的次數比較多，有本事，萬尼夏你也出來為自己辯駁啊！

「我覺得想要殺人的那個人，他很可憐。」

他彷彿能看到伊韓亞就穿著暗紅色長袍，站在煤氣路燈下落寞地望著他……

好像是因為他的身邊有人，伊韓亞卻是孤身一人，那冰藍色的眼眸裡，很寂寞。

「我覺得如果把他當成壞人，大家都討厭他，卻沒有了解他為什麼會變成這樣，那有點可憐。」

「那他為什麼會變成這樣呢？」艾利順著對方的問題問。

「他小時候被父母拋棄了。他父母是很壞的人，所以他被一個會魔法的老巫婆撿走，巫婆看他有成為魔法師的資質，就對他灌了很多藥，那些藥改變了他的體質，讓他真的成為很厲害的魔法師，可是，他的心也變了。」

很久以後，張綠水才了解到艾利聽到這段話時不知道有多難過，但艾利卻說不難過，他非常欣賞張綠水的才華。

此時，艾利臉上沒有難過的表情，只是稍微怔了一下。

他的腦袋裡閃過許多畫面，有的陰暗又可怕，但他很快就把那些畫面掃開，讓自己投入在當下的情境裡——就是他「與張綠水走在街上」的這個事實，只有這個才是最重要的，其他的念頭都可以如浮雲飄過。

「對了，我還有一件事情想做！」

張綠水的思考很跳躍，他很快就跳到下一個話題，因為他也想把握「與艾利走在街上」的當下，想跟艾利多說說話。

「是什麼呢？」艾利溫柔地問。

「我想要蓋遊樂園！」

「是因為小時候的回憶，看到我們今天去的遊樂園經營不善，想要重振經濟嗎？」

「不是，那塊地已經沒救了。」張綠水果斷回答。

「……」

「要蓋遊樂園，就要先有一塊又大又便宜的土地。我要在中間蓋城堡，旁邊有很多好玩的遊樂設施！晚上有遊行和煙火，從早到晚都有人期待入園，所以，員工管理很重要。員工統一住宿，所以周邊要有生活設施，有廠商進駐，我們還可以收租金，整座遊樂園就像一座自給自足的城市——我就是市長，哈哈哈！」

對艾利而言，這番話不光是能看到張綠水的笑容，讓他感到自己竟是如此幸運，他還能聽到張綠水述說夢想與計畫，那讓他覺得自己好像也沾了對方的光，變得好不一樣。

「怎麼了？覺得我在痴人說夢嗎？是不是很蠢？」張綠水故意用挑釁的語氣問。

「不……」艾利從來沒那麼想過，「我只是想到，我好像沒有想過『我想做什麼』。」

「啊？」張綠水又不懂了。

「因為……我一直都是在做……我能做的事……」

「什麼意思？」

「……」艾利不會解釋，可能連他自己也搞不清楚自己的想法，便保持沈默。

張綠水不想把氣氛搞砸，就沒多問，「我要回去了，晚睡會讓皮膚變差。」

艾利正想開口，張綠水卻搶先道：「你要送我回家嗎？」

◆

兩人下了計程車，往斜坡上走。

張綠水的家在乳白色的高牆後面，從馬路邊看不到豪宅本體，只有比牆高的松樹和楓樹探出枝葉。圍牆的外門是黑色的，與圍牆同款的乳白色屋簷又把門的高度加高了一層，讓人即使站在「門外」，還是看不到豪宅長什麼樣子，完全保護了住戶的隱私。

艾利知道，是時候該分別了。

「今天謝謝你。」艾利把張綠水的紙袋遞給他。

張綠水揹著紙袋，卻覺得奇怪，「怎麼是你跟我道謝？應該是我要謝謝你陪我。」

「因為……我沒有去過遊樂園，今天是多虧你才有機會。」

「為什麼沒有去過遊樂園？它離T大又不會很遠……啊，是不是你爸爸媽媽很忙，小時候都沒時間帶你去？」張綠水笑著問，艾利臉上卻有些尷尬。

艾利這才意識到自己沒戴口罩，他立刻把口罩戴上。

「對了，你爸爸媽媽是做什麼的？」

「啊？」艾利一愣。

「既然我們是朋友了，如果你爸爸媽媽有需要幫忙的地方……你可以……跟我講。」張綠水仰起脖子，一副很得意的樣子。

他這可不是略施小惠，而是他所接觸的人本來就會成群結隊，你幫我、我幫你，大家一起合作，和樂融融，不是很好嗎？反正他跟艾利相處起來很愉快，他相信艾利的爸媽也不是什麼壞人。

「呃……」艾利卻愣了半天，沒說話。

張綠水突然想到了什麼，深吸一口氣，摀住嘴巴，「天啊，你該不會是那種人吧？」

「哪種人……？」

艾利臉上十分不安，但因為他戴著口罩，看不出來。

張綠水也習慣艾利有戴口罩的樣子了，可能是晚上天氣比較涼，他才會戴上的吧？

「那種想要靠實力，不想靠關係的人啊！我就知道……我喜歡你這樣。」

最後一句，張綠水說得很小聲，但艾利還是聽見了。

艾利的耳根子都紅了，「啊……」他更不知道該說什麼了。

「對不起喔，跟你說了那些。」

「不會不會……」艾利連忙搖頭，張綠水連道歉的樣子都好可愛……

「我沒有冒犯的意思，啊，等一下喔。」突然，張綠水的手機響了，他接起通話，表情馬上變得不一樣，「啊？我回來了……我在跟朋友聊天啦！……知道了，先掛了。」

張綠水講電話的時候一臉不耐煩，跟可愛完全扯不上邊，就像一個下了戲之後馬上變黑臉的演員。

「我爸看到我們了。」張綠水抬頭，望向裝在大門右上角的監視器，「你家住哪裡？我叫司機送你回去。」

「學校宿舍……」

「哪一區？」

「人工生命學院。」

艾利最後搭著張綠水家的車回去了。張綠水看到車子出來，就揮了揮手，進門去了。

艾利坐在車子後座，當車子慢慢往下坡前進，他看著黑色大門關上，門口已經沒有了張綠水的身影，他才悄悄伸出手，對空氣揮了揮。

◆

艾利的宿舍在人工生命學院內部，外觀也是歐式建築，以前是凡妮莎博士的私人土地，但在經過現代裝修後，晚上打上燈光，看起來十分浪漫。

他的房間是附衛浴的單人房，他洗完澡，披著一條大毛巾就走出來。水珠從他的髮梢滴下來，他把頭髮吹乾，髮絲柔軟卻有些凌亂的樣子，讓他看起來就像剛做了什麼壞事。

他這才想起今天一整天都沒進實驗室，那的確是「壞事」了。

手機跳出通知，是張綠水發了新的貼文。

艾利點開來看，是張綠水和遊樂園的員工小姊姊的合照，附上動態：『**小時候的回憶，跟朋友一起來玩。**』

他馬上按讚。

「朋友……」

因為艾利的拍照技術實在太差，張綠水自拍完後，在離園之前又叫了附近員工過來幫兩人一起拍。但張綠水沒有發兩人的合照，而是發應員工要求、跟員工一起拍的合照。

「只是朋友啊……」

他還能苛求什麼呢？像他這種人，可以跟張綠水做朋友就不錯了。

他把張綠水的照片截圖存下來。

他的手機裡有很多張綠水的照片，包括今天拍失敗的——雖然張綠水說很失敗，但他覺得只要把張綠水本人的部位放大，就很好看。臉黑也不要緊，可以把圖片調亮，張綠水的表情猙獰就更沒關係了，張綠水會笑、會生氣，才像一個人類。

很多人會說，人工生命工程就是在研究機器人，把一些機械或生化化合物做得像人類，所以要懂的是機械、是數字，但艾利卻覺得不是。雖然現階段他也很難說出什麼理論，但他認為研究人工生命工程的人，不能不理解人類，因為要製造出仿似於人類的東西，不是要先了解「原本」的那個東西是什麼嗎？

他把張綠水送他的西裝拿出來，抱著躺在床上。

「朋友……就夠了吧……」

他聞著西裝上的味道，新衣服的味道。

第七章

接下來幾天，他們沒有見面，因為張綠水終於決定要乖乖上課，當一個只靠自己的力量也能取得好成績的正直青年。

艾利邀請他喝咖啡的時間，他通常都在上課，因此有傳聞說張綠水終於失戀了，才決定要發奮圖強，就像把注意力轉移到工作上的上班族，終於要無視感情，冷血地往上爬，總有一天要讓昔日的戀人好看！

「不……這些人怎麼那麼無聊……」

張綠水看著網路上的評論，吃瓜群眾不少。他自己在某些時候也是吃瓜專業戶，但這個猜測離真相也太遠了。

「真正難過的時候會什麼都不想做，連工作和唸書也做不了，那種難過到谷底的感覺你們體會過嗎？」

他現在反而是心情好得不得了，元氣滿滿呢！

「不管我再怎麼努力，也比不上……」他不想把名字講出來，「人家是雪山融資的繼承人，你們知道那壓力有多大嗎……」他為某人嘆了一口氣。

值樹給他的會員卡，連同信封，至今都還放在書桌上，但張綠水沒興趣參加聯誼派對了。

艾利經常傳訊息來，每天問候。

張綠水以前覺得會很煩，但現在都不嫌煩了，不過他有時候還是會已讀不回，享受手機一直震動的感覺，想像著艾利著急的樣子。

『你在做什麼？』

『吃飯了嗎？』

『我是不是打擾到你了……』

『晚上早點睡喔，晚安。』

雖然沒有見面，但兩人經常在網路上聊天。張綠水有時候懶得打字，就用語音輸入，但都張開嘴巴講話了，只有他一個人在講就覺得很不公平，他也想聽到對方的聲音，但艾利一直都是打字，連視訊也不開。

「可能是他的手機比較舊吧……真落後。」

一個研究人工生命工程的人，那麼嶄新的學科，居然還在用不知道幾十年前的手機，真奇怪。

根據艾利的說法，T大的人工生命學院是創始於三十年前，三十年對企業發展來說是很長，但以一門學科來說卻很短。很多人文、社會的學科都是百年根基，學生如今還要學一百年前的學者提出的理論，但人工生命工程卻與時俱進，很多時候都跟企業的需求有關，所以學生畢業後都瞄準了幾間正在往這個領域發展的大公司。

應該說，人工生命工程本來就很花錢，不是大公司根本做不起來。

「艾利到底有多窮？不對……艾利真的很窮嗎？」

張綠水至今沒有跟艾利聊過這類話題，因為他好歹也知道這不禮貌。

張綠水下了課就回家，因為聽完一門課就很累了，而且他還要通勤。

「通勤」這個行為對大部分的T大學生來說是比較少見的，因為學校並沒有規定家裡在附近有房子就不能住宿舍，因此有些人會為了享受住宿生活而住，只是張綠水的爸媽不准。

回到家，吃過晚飯，張綠水就回房間了。

他迫不及待地打開電腦，把故事一段一段寫出來。

「該殺還是不該殺，還沒決定好……不管了，先寫其他的。」

張綠水一邊聽音樂，一邊享受愉快的創作時間。這是只屬於他的時間，不是學校作業，跟未來要繼承公司也沒關係，是他真心想做的事，所以也不用跟別人比結果怎麼樣。

好奇怪，他之前還覺得做這種事一點意義都沒有，所以就不想做了，但現在心情變好後，他甚至會想，大家都不知道伊韓亞的故事，如果他還不說的話，這個世界上就沒有人會呼喚伊韓亞的名字了……

因此，當他坐到電腦前就文思泉湧，手指停不下來。

他不自覺泛起微笑。他知道這個想法很蠢，但這就是他最真實的想法啊！

突然，與手機連線的電腦跳出訊息。

『你的城堡裡會有什麼呢？』

「什麼啊……」張綠水點開視窗。

『我一直在想你說過的話，你說想蓋一座城堡，城堡裡面不會空蕩蕩的吧？裡面會有什麼呢？』

從遊樂園回來都已經過了一個星期，艾利還記得他的話嗎？

張綠水心裡有些疑惑，但還是先已讀不回，把故事寫到一個段落才拿起手機。

他離開書桌，趴到床上。

『裡面當然會有……角色啊……』張綠水回著訊息，『不然是鬼屋嗎？』

『什麼角色？』

「你開語音，我就告訴你。」張綠水先讓自己的聲音傳過去。

他可以想像艾利猶豫的模樣。

他的聲音是不是很好聽？很性感？呵呵呵……

但張綠水馬上就笑不出來了。

『這樣可以嗎？』

艾利也開啟語音通話。

可能因為透過機器的關係，聽習慣的聲音改變了，或是某些人在講電話的時候會不知不覺變成另一種語氣。總之，艾利的聲音從無線耳機傳來，就像他就在耳邊呢喃一樣。

艾利的年紀比他大、身材也比他高大，那簡單的一句話，就像一個成熟的男人把嘴唇貼著他的耳朵，讓他感到莫名的心動，彷彿連呼吸的熱氣都一起傳過來了。

「可惡，這耳機的品質也太好……」

但是聊語音時如果不戴耳機，張綠水怕會被其他人聽見，例如這屋子裡的傭人或離他房間很遠的爸媽。

『喂？喂？有聽到嗎？』

「有啦！」

張綠水摀著自己的耳朵，但把耳機罩在手掌裡的後果是讓聲音變得更清楚了。

『抱歉，因為我不常講電話……』

「沒關係。」張綠水有點後悔自己的決定了。

『我們剛聊到哪裡了？啊，你的城堡，你有修建築相關的課程嗎？會蓋成什麼樣子呢？』

艾利的話如果轉換成文字會很普通，甚至就像之前傳的那些，讓張綠水看了會有點煩，已讀不回只是剛剛好。但聲音透過耳機傳來，竟讓張綠水感到口乾舌燥。

他突然可以理解人家說的耳朵懷孕是什麼感覺了。

『綠水？』

「我想要……放我的角色進去……」

『什麼角色？』

艾利的聲音聽起來很雀躍，好像用語音聊天是一件很稀奇的事情，其實這不過就是「講電話」。但少了「畫面」，張綠水就能自行想像艾利像大型兔子跳來跳去的樣子。

一隻兔子……兩隻兔子……尖尖的長耳朵和圓尾巴，都黏在艾利身上。

除了兔耳朵和尾巴，其他都沒有穿……不，再繫個小領結好了。

「嗯……我想做成可以參觀的城堡，算是遊樂園的地標，整體要配合故事，讓遊客進到故事的世界，好像在跟角色一起冒險。」

『喔～』艾利傳來讚嘆的語氣，『所以你上次問我的那些，都是故事情節嗎？』

「哪些？」張綠水根本回想不起來，他光投入當下，心就已經跳得很快了。

『就……一個被父母拋棄的小孩，後來被老巫婆撿走，那是在講故事，對吧？』

「當然啊。」

『我還以為，你有預知能力呢……』

張綠水聽不懂艾利的話，覺得他沒頭沒腦的。平常艾利講話，他就只能聽懂百分之七十了，現在講電話還是一樣。可能好學生都這樣吧？張綠水心想，艾利是活在「雲端」的人，那種人可能只看得到線條和數字。

『對了，你的角色有名字嗎？』艾利問。

「喔，有啊，我目前設計了兩個角色，一個叫伊韓亞．貝松里，一個叫……」

張綠水突然管住自己的舌頭，因為如果他講出萬尼夏的名字，就必須講出萬尼夏的姓氏。如果他講出萬尼夏的姓氏，艾利可能就會說「咦？跟我同姓耶，為什麼？」。然後他就得說，因為是艾利給他的靈感，不——應該是說，跟艾利在一起很愉快，所以就不知不覺間產生了靈感。

是託艾利的福……

「另一個，我還沒想到。」張綠水故意這麼說。

『嗯，沒關係，慢慢想就好了。』

明明是很平淡的一句話，由艾利來講，就覺得他好有風度。

「你好會安慰人喔。」

『啊？』艾利很意外，『會嗎……哈哈……老實說，我還以為你的城堡裡會是鬼屋，裡面有地牢……』

「做成鬼屋也可以，」反正又不一定會蓋成，張綠水躺在床上，看著天花板胡思亂想，「蓋一個很可怕的地牢，把冒險者鎖在裡面，牆壁都長著青苔，有拷問的型具掛在牆上，好像血也會滲進牆裡……」

『很可怕的話，一定會吸引很多情侶。』

「為什麼？你懂經營管理嗎？知道要怎麼做行銷，吸引客人嗎？」

『因為，被嚇到尖叫的時候，不是會想抱在一起嗎？』

張綠水突然睜大眼睛，看起來像書呆子的艾利居然懂撩！

「艾利，我問你喔……」

『嗯？』

「你不跟我用視訊聊天，是不是你在宿舍裡都只穿著一條內褲啊？」

『……』

張綠水聽到有東西倒下或掉下來的聲音，乒乓乒乓的，「艾利？喂喂？」他露出壞笑的表情，「你不回答我，我就要去洗澡了！」

『綠水，喂——』

不給艾利解釋的機會，張綠水把通話掛斷，自己卻摀著嘴笑。

他這種行為真的很惡劣，太惡劣了！如果他是艾利，一定會受不了自己這種個性的人！因為他很邪惡啊，被罵妖豔賤貨只是剛剛好而已。來，快把他罵爆吧！他就是這麼討人厭的人啊！

但是好開心。

自己好像被對方寵著，讓他心裡都暖暖的，臉上也止不住微笑。

張綠水將手機接上充電器，往浴室走去。

洗完澡，張綠水意外發現，手機裡沒有艾利的新訊息

「怎麼會……」

他滑來滑去，他跟艾利的最後一筆聯絡就是他掛斷的語音通話。

有點失望。

他放下面子，打電話給艾利，可是一直沒有人接。

「為什麼嘛……好討厭……」

他都想哭了。

他出去吃了點宵夜，正打算繼續寫作的時候，艾利傳來訊息：

『對不起，我剛剛也去洗澡了……』

『你睡了嗎？』

『睡了我就不打擾你了……』

的確到了自己平常睡覺的時間。張綠水從不熬夜，但是他沒想太多就把睡衣釦子解開了兩顆，用漂浮螢幕傳送視訊邀請。

視訊是接通了，但畫面裡是黑的，表示只有自己這邊的畫面會被對方看見，對方沒有開鏡頭。這讓張綠水感到很不平衡。

「你這是什麼意思？啊？」

第一次用視訊就看到張綠水放大的、氣到快要爆炸的臉，艾利嚇到倒抽涼氣，但張綠水的睡衣露出了鎖骨和小小的V領陰影，讓他捨不得把視訊關掉。

「讓我看看你啊！」

『我沒什麼好看的……』

「給我打開！」

又傳來一陣東西擺放的聲音，張綠水越發懷疑。該不會艾利的宿舍裡有什麼見不得人的東西，還是有見不得人的……人？

「你不讓我看你，我今天晚上就不睡了……我的皮膚會變差都是你害的！」

張綠水頭一偏，意志堅決。

用顫抖的手指，艾利把鏡頭打開了。

張綠水眨眨眼，有些意外，因為艾利居然穿著衣服！

是很普通的素色居家服，髮型沒什麼變化，雖然他平常就沒什麼髮型可言，但看得出來是剛洗過澡、剛吹完頭髮，髮絲柔軟地服貼著。

「讓我看看你房間。」張綠水想檢查一下。

艾利拿著手機，拍了房間一圈。一張書桌、一個衣櫃、一扇對外窗、一張床，床單是藍色的，棉被平鋪在床上，雖然沒有折，但因為鋪得很平，看起來也很整齊。

……但是很沒特色。

房間裡沒有具個人代表性的裝飾品，書桌上沒有電腦或一本書，但張綠水馬上想起艾利有自己的研究室，就是那以前屬於凡妮莎博士的小圖書館，所以，他只是回來睡覺的，他的私人物品都放在研究室，這就說得通了。

「你房間好乾淨喔。」

張綠水往自己的書桌看過去，喝完的飲料杯還放在桌上，杯底的飲料早就乾掉了。

漂浮螢幕的鏡頭跟著張綠水，他坐在書桌前，嘆了一口氣。

『怎麼了？你還不睡嗎？』

艾利沒有戴口罩，擔心的表情也表現了出來。

「你懂藝術家的感覺嗎？靈感一來，是睡不著的。」

『對不起，我不懂。不過我平常也睡很少，』艾利尷尬地低下頭，『這種感覺好奇妙，我居然這麼晚還可以見到你……我是說，透過螢幕，可以看到你、聽到你的聲音……好像也可以聞到你的味道……』

「艾利，你有時候講話很嚇人，你知道嗎？如果換做是別人，可能早就報警了。」

『對不起。』艾利臉上的笑容立刻收斂，『我還是不要打擾你——』

「等一下！」

張綠水立刻叫住他，不給艾利把視訊關掉的機會，因為他可以原諒艾利這個不懂怎麼跟普通人對話的書呆子，況且……艾利也剛洗完澡，兩人身上都會有沐浴乳的香味吧？

「給你看一個東西。」

漂浮螢幕將鏡頭帶到張綠水的書桌，張綠水拿出用鉛筆手繪的草圖。

「我設計的角色，他叫伊韓亞。」

伊韓亞是個二十出頭的青年，頭髮很短，穿著窄袖長袍，有歐洲古典的風格，當他側過臉的時候，那下顎的稜線……艾利只能說，讓人印象深刻。

『你還會畫畫？好厲害……我怎麼都沒看到你放在網路上？』

「只會草圖而已，我沒學下去，沒耐心。」

繪圖只是一種工具，能把自己頭腦裡的想法捕捉下來就好。張綠水沒想過要成為畫家，況且，這還是自己去找線上課程偷偷學的。至少父母不會把他關進小黑屋，就這點，張綠水倒是很有自信，他自認還算了解自己的家人。

鉛筆畫的草圖只有黑與白，張綠水不會塗色，也不會使用電腦繪圖，手工畫出來的線條反倒有種粗獷感，讓「伊韓亞」的雙眸看起來有一點空洞、有一點寂寞。

『你等我一下。』

艾利按了什麼，張綠水的漂浮螢幕瞬間變黑。

張綠水頓時感到莫名其妙，他不知道是艾利按錯還是刻意關掉鏡頭，總之，視訊的連線仍然暢通，但他看不到艾利的影像了。

「憑什麼只有你可以看我……」

張綠水低頭把胸口遮住，但睡衣釦子根本沒開幾顆，沒什麼好遮的。他頓時有點生氣，一氣之下，就把視訊掛斷了。

「啊～～不小心按到了！」

他對著漂浮螢幕跺腳，又癱軟地跪在觸感很好的長毛地毯上，因為像他這麼嬌貴的人，是絕對不可以碰到地板受涼的。

「我怎麼這麼不小心……」

兩人的對話視窗裡，最後一通就是他掛斷的視訊，原本他也只要關鏡頭就好，不需要把通話一併切斷的。

「沒關係，再打一次！」

張綠水立刻撥出艾利的手機號碼，艾利接起來了，卻沒有開鏡頭。

『喂？』

——啊！我的耳朵！

音質太好，低沈又有磁性，張綠水跪在地毯上不願起來了。

「喂喂？」張綠水戴上耳機，獨享這聲音，「艾利，剛剛收訊不好，突然斷掉了。」

『沒關係，我在移動，可能訊號有擋到吧。』

「移動？你要去哪裡？」

『實驗室。我想給你看一個東西，你可以等我一下再睡嗎？』

「嗯！」要聊通宵都沒問題，張綠水現在精神好得很！

艾利要趕往實驗室，但他可能是用跑的，並把手機拿在耳邊，張綠水可以聽到微微的喘氣聲、越來越沈重的呼吸聲及風聲。

那自然發出的聲音，比刻意的甜言蜜語還要令人心動，此時無聲勝有聲，張綠水一時不知道該說什麼才好。艾利也不會找話題，專心地在趕路。

兩人保持著沈默，卻有一種難以形容的悸動飄浮在空中。

突然，張綠水聽到「嗶」一聲，應該是艾利刷過了識別證，進去實驗室了。

呼吸聲遠離手機，艾利開啟手機鏡頭，並調整了一下擺放的位置。

『你剛剛那張圖再給我看一次。』

「草圖嗎？」飄浮螢幕跟隨張綠水來到書桌，「你要做什麼？」

艾利來到實驗室，整個人變得神采奕奕，連眼神都不一樣了。他手指在空中一勾，一個飄浮螢幕飛過來，讓張綠水有些意外。

透過舊型手機受限的拍攝視角和艾利智障的擺放角度，張綠水只能看到艾利的背影，沒辦法看到實驗室的全貌，但艾利的手在空中比劃，就像交響樂團的指揮家。

『我有一個建模的程式，你知道這裡是研究「身體」的地方吧？人工生命工程本來就有在做義肢，現在已經應用到很多醫療體系裡了。一個平凡走在路上的人，手臂突然冒出雙刀已經不算什麼了，但還是有法律的問題……你不要小看裝一條手臂，那條手臂可是經過精密運算才做出來的。如今我們都把計算的工作交給電腦，但比較麻煩的是材質，現在一直找不到能跟人體吻合的人工化合物，還要壓低成本與大量製造……』

艾利講的話，有一半以上張綠水都聽不懂，他也不想懂。但張綠水心中有強烈的預感，總有一天，艾利會站在台上侃侃而談，向世人介紹或辯護他的理論。

屆時，舞台的聚光燈會打在艾利身上，底下會有很多記者和投資客在聽，彷彿大家都恨不得把他的話背下來，因為那就是致富密碼。

他絕對不會滿足於大學的研討會，他會走向更大的舞台——

『如果宿舍是睡覺的地方，研究室就是我的客廳，那裡的景色很漂亮吧？我聽說客廳的風水要好，就是要有大片的窗戶，然後實驗室是我的書房……』

「艾利，你要上台演講的話，一定要穿我買的西裝喔。」

『啊？』艾利一愣，他轉過身來，看著手機鏡頭，不懂話題怎麼會跳到這裡。

「我的預感很準的。」張綠水故做曖昧地眨眨眼。

『喔……可是最近應該沒有要發表……』

「沒關係，以後有就好了。」

張綠水趴在棉被上，看到艾利回到工作區域前。艾利戴著虛擬手套，手指在空中轉動，連接著一堆霓紅線條。

張綠水看不懂艾利在幹嘛，但艾利使用的設備都是很新的，這點他絕對看得出來。

『人工生命工程要發展得好，對應的軟硬體都是不可或缺的。C-set 實驗室是由我一手打造出來的，花了十年的時間，總算變得比較有效率了。』

「嗯？」張綠水覺得好像有哪裡怪怪的……

『電腦運算容量不夠，我就先打造了一台超級電腦，它能精準描繪人體的外部細節。但是光有運算能力不夠，需要軟體給予特定指示，所以我又寫了建模程式。』

艾利走回鏡頭前，把手機拿起來，他能看到隨著他把鏡頭拉遠，張綠水逐漸看到「建模程式」後的驚喜神情。

「天啊……」

他就知道張綠水一定會喜歡。

「那是真的嗎？」

『只是初步模擬而已，你跟我講細節，我可以馬上修。』因為找不到地方放，艾利只好把手機拿著，把自己當成行走的手機架。

「不……已經很像了……」張綠水從未這麼感動過。

建模程式裡，一個等身人高的全息投影，正栩栩如生地展示。

它就是穿著窄袖長袍的伊韓亞。

艾利拿著古早手機繞著投影轉一圈，連張綠水沒有畫的「背面」也透過電腦運算計算出來了。它——不，「他」就像從平面的紙張裡跳出來，變成一個活生生的靈魂，存在於虛擬的世界裡。

『他的眼睛、頭髮是什麼顏色？』艾利問。

「淺褐色，然後眼睛是冰藍色的，穿著暗紅色的長袍……」

『我這邊有色票可以選。』

「啊，對，就那個！」

張綠水一邊指揮著，艾利把所有的指令串起來，不一會兒，影像就出來了。

伊韓亞就站在那裡，高傲地看著瞎忙的人類。

「啊啊啊啊啊啊啊啊──────！！！！」

太感動了，這一定要尖叫。

「怎麼了？」

「發生什麼事了？」

「綠水！」

突然，張綠水的臥室門被撞開，爸爸舉著高爾夫球桿，大哥抓著手機，媽媽緊跟在後。

「呃……我在……看影片……看恐怖片……」

張綠水不敢給家人看到艾利，早早就把飄浮螢幕滑掉了。

原來是虛驚一場，大家都鬆了一口氣，但有人火氣也上來了。

「你三更半夜不睡覺，是在吵什麼吵？」爸爸很生氣。

「好了好了，沒事就好……」媽媽拍拍爸爸的背，把人勸走。

「……」大哥搖頭。

三人都走了以後，張綠水又戴回耳機，重回視訊鏡頭前。

「你可以把伊韓亞做出來嗎？」

張綠水很好奇，人工生命工程能做到什麼程度？

『現階段是有困難的，我們一直找不到合適的材質，ＡＩ的發展也比想像的落後。』

「為什麼啊？」張綠水完全不懂，「你不是有圖了嗎？就印一印、組裝起來不行嗎？」

艾利皺眉，表情有點嫌棄，『這又不是在做模型，是要找出可以替代骨骼、燃料血、人工皮膚，而且又不會有輻射性的生物化合物。』

「模型我就很滿意了。」

『如果要做成軍用材質，骨頭的結構一定要很強壯。人類目前已發現和合成的金屬，已經有人在嘗試了，但問題就是你能單獨做出一個骨架，卻沒辦法接著做出能乘載身體運作的器官，不相容性太高。目前已知的燃料血全都是有輻射性的，已經有很多人證實那對人體會有危險。其實我的目標是做出能自我修復的人工皮膚，像奈米修復那樣。』

「做模型我就很滿意了！」張綠水重申。

『那我找時間做一個簡易版的，其實最簡單的應該是他的衣服，那些印一印就好了，但我真的很擔心他的身體支不支撐得住啊……』

「對了，艾利……」

張綠水之前一直沒機會提到，如今，或許是個機會呢？

「你要不要看我寫的小說？」

『可以嗎？』

「如果你不嫌棄的話……」這大概是有生以來，張綠水用過最謙卑的口吻。

『我還在想，你什麼時候會問我呢！』艾利面帶微笑，兩人都尷尬地笑。

艾利看著手機最上方的欄位，沒有通知跳出來，表示張綠水沒有把檔案傳給他，可能是還沒寫完。沒關係，創作是需要靈感的，他可以等。

可是，張綠水沒有說自己什麼時候會寫好，他也不敢問。

兩人就對著螢幕，繼續尷尬地笑。

「那，艾利，我要去睡了。」

張綠水趴在床上。他故意沒有趴在棉被上，而是平平的床上，這樣就會小露胸口，至少會有一點V領的陰影，引人遐想。

『好，晚安。』

「……你怎麼還不關視訊？」張綠水悄悄開口。

艾利背後就是呈現成展示模式，正在三百六十度旋轉的伊韓亞，『因為我覺得我突然關掉的話，你好像會生氣。』

「我才沒那麼愛生氣呢！」

『那我關掉了喔。』

「關掉關掉，我要睡了！」

『……』

艾利等了半晌，捨不得關，因為平常這種時候他都是孤獨一人，如今可以看到張綠水，是多麼寶貴的時光啊！不論多晚，他都捨不得結束。

「你在看什麼？」張綠水臉上微紅，手指不安分地磨蹭著床單。

『就……看你……』

「我有什麼好看的？」張綠水下意識迴避著螢幕鏡頭，突然不敢跟艾利對上眼了。

『就……都……很好看……』

「穿睡衣也好看？」

『當然了，你穿什麼都好看……』

「這套睡衣已經很舊了。」

張綠水知道自己不能再聊下去了，但是就不想停下來，想一直找話題，想一直聽到艾利的聲音，享受著艾利注視著他的目光，「實驗室只有你一個人嗎？」

『嗯，這麼晚了不會有人，我都是工作到最晚的。有時半夜想到什麼，也會跑過來。』

「你真的很認真啊……」

『你也是啊。』

「哪有，大家都當我是笨蛋……」

『你已經知道自己想做什麼了。』

「……好了啦，我要掛了。」

『嗯。』

在艾利溫柔的目光裡，張綠水終於切斷視訊。

不知道為什麼，此時有一種落寞感正慢慢侵蝕著他，就像從雲霄飛車上下來，從刺激回到凡間。

「……趕快把它寫完！」

張綠水跳下床，要趁靈感還沒流失的時候努力。

Fighting！

第八章

張綠水走在通往 C-set 實驗室的路上，心想，艾利最近越來越放肆了，他居然說看完小說後要當面討論，所以想約個時間——不知道你什麼時候有空呢？——這有道理嗎？人與人之間不透過網路，還算什麼現代人？

「他真是太原始了……就這麼想見到我本人嗎……呵呵。」

話雖這麼說，張綠水輸入的回覆卻是：等我有空。

『那你什麼時候有空？』

「就是要這樣嘛……」多問一句……

張綠水臉上掛著連自己也沒有察覺到的微笑，輸入：我—不—知—道，再加上一個可愛貼圖。

他最近實在太認真了，認真到教授點名的時候點到「張綠水」，居然露出驚訝的表情。唸書的過程也很順利，因為他發現自己只要把不懂的內容拍下來問艾利就好了！他以前怎麼沒有發現這麼方便……呃不，這麼聰明的人呢？

艾利不是商學院的學生，但他可以去找資料，而且他找得很快，有問必答。事後回想起來，就是在這段時間裡，艾利讀了一大堆關於企業經營管理的理論和實例，給了他很大的幫助。

張綠水呢？呃……反正有人幫他做，他就去做別的事了～★

踏著輕快的腳步，張綠水拍著遠處的大鐘樓，今天，他沒有跟艾利約好就過來了，想給艾利一個驚喜。反正艾利經常待在人工生命學院，應該不會錯過吧。錯過也沒差，他回家就好了，反正他也是下了課才過來，又不是特地過來的。

走進 C-set 實驗室所在的樓房，張綠水在噴砂玻璃門外看來看去，就是沒辦法從門縫邊看到裡面有誰。

如果按訪客鈴的話，就沒有驚喜感了，而且萬一實驗室裡有別的學長姊在，他跟艾利的關係不好解釋。

「怎麼辦呢……」

正當張綠水猶豫的時候，一道人影靠近。

那人影比較矮小，應該不是艾利，但是也穿著實驗室白袍。

玻璃門開了，一名看起來五十歲出頭的中年男子，髮線雖然有點危險，但梳得一絲不苟，很整齊。他臉上帶著溫文儒雅的微笑，向張綠水點了個頭。

「你有什麼事嗎？」

「呃……」

張綠水愣住了，這年紀一看就是「教授」，但學人工生命工程的，顏值都這麼高嗎？這男人年輕的時候一定是個美男子，如今也是個美中年。

「同學，你有什麼事嗎？」

對方又問了一次，語氣完全跟上一句一模一樣，沒有不耐煩的感覺，但客氣的程度也沒有增加，張綠水都要懷疑他是生化人了！

「我是來……找艾利的……」

不知道為什麼，在這個男人面前，無惡不作——不，是天不怕地不怕的張綠水，竟然會緊張！連他自己都要為自己的緊張而緊張了！

「艾利？」男人歪頭，似乎十分疑惑。

如果不是歲月在他臉上留下的痕跡，這男人就臉形的骨架而言，他也有一副很好看的下顎稜線。

「是艾利希歐嗎？你來找艾利希歐．巴克萊雅？」

「對……」張綠水後退一步，因為他感受到了「主角氣場」。

他不是主角，這男人才是。對方自帶的氣場彷彿會把周圍的人都震開，他自己卻沒有自覺，「主角」就是這麼可怕！

「你是艾利的什麼人呢？」

「朋友……」

「嗯，艾利不在，你可以留下姓名和聯絡方式嗎？我會轉告他。」

「不用，我自己聯絡他就好……」

「請等一下。」

張綠水已經想打退堂鼓了，剛出新手村的他不適合跟「主角」正面槓上，但這男人輕輕的一句話，彷彿在號令千軍萬馬。張綠水不禁想起在公司的時候，大哥跟部下講話也是這種很有氣質，但不容對方拒絕的語氣。

「如果我沒有認錯的話，你是綠洲集團的張綠水嗎？」

「你怎麼知道……？」張綠水倍感疑惑。

「我在網路上看過你的照片，剛好我也有收到綠洲集團的產學合作邀請。」

「難道你是……」那個要收下餅乾的……

「我是 C-set 實驗室的主任教授，許筑坤。」

兩人握了手。

許教授在實驗室白袍底下穿著白襯衫、灰色背心、藍色領帶，像個世世代代都接受高等教育的貴族，氣質跟凡人不一樣。但張綠水沒預料到這狀況，以致於有點反應不過來。

「是……您好……我是張綠水，我們……不對，我有跟艾利聯絡過了，他說教授您去國外出差了，要一個月後才會回來。」

「出差？我沒有出差，我是請了一個星期的假，家裡最近有點事。」

「那……」

「奇怪了，艾利為什麼要說謊呢？」許教授單手拄著下巴，「你說你跟艾利聯絡過，可是我不知道這件事。我以為綠洲集團那邊沒有派人來，就把你們的計畫往後排了……」

「不對——怎麼會……？」如果這件事被大哥知道就糟了！

這麼簡單的事都辦不好……大哥會有多失望啊……

張綠水急得額頭冒汗，不知所措。這明明只是一件很簡單的事，研發又不是他在做，他只要來「打招呼」就好，偶爾來催催進度，對方搞不好還會奉承他一下，可是如今，許教授居然說……

「所以，都沒有進度嗎？」張綠水很直白地問。

「這個……我該怎麼解釋呢？其實，找我合作的廠商不只你們一個，我並沒有想要推託的意思，可是艾利是真的沒有告訴我你來過。如果他告訴我，我一定會馬上跟你聯絡，表達我對貴集團的誠意了。」

「所以……」

「很抱歉，目前看來，進度可能是達不到你的期望了。」許教授講話很委婉。

「那……那個……可以趕一下嗎？」

「你不用擔心，我會馬上召集團隊開會。」

「好……對不起，對不起喔，教授。」

「你不用道歉。」許教授臉上露出和藹的微笑，一手按著張綠水的肩膀，「年輕人做事會有缺漏是很正常的，把它補起來就好了。人工生命工程，就是在補足人類不足的地方。」

「教授……」張綠水馬上變心，因為他被安慰到了。

好有風度的講話方式喔！

「謝謝你！謝謝！」張綠水雙手握住許教授的手，此時的教授就像他的救命恩人，他雙眼閃爍著淚光，「這件事不可以讓我哥哥知道喔……」

「不會的，你想太多了。」

許教授尷尬地抽回手，就在這時，他看到一個人過來了。

艾利停在走廊上，看到許教授站在實驗室門口，張綠水也在，他沒戴口罩的表情一瞬間僵住，彷彿他最意想不到的情節發生了，他對這狀況完全沒有任何準備。

「艾利，你自己來說。」許教授輕輕一句，在張綠水轉頭的時候，他的話語和張綠水的視線加在一起，宛如萬箭穿心，「你為什麼要欺騙綠洲集團的代表呢？」

被兩人加在一起的攻擊打中，艾利臉色蒼白，彷彿瞬間失去了言語的能力。

他望向許教授的眼神裡，充滿了恐懼。

「說完，來我辦公室。」

許教授經過張綠水、艾利身邊，神情沒有顯著的變化，依然從容儒雅，但他就像一塊磁鐵，馬上吸引了艾利的目光。艾利的視線追著許教授的背影，彷彿看不到張綠水還在身旁。

張綠水不明所以地看著這兩人，總覺得哪裡奇怪……卻說不上來。

「艾利？」

「等一下再說……」他的嘴唇在顫抖，「我要先去找他……」

「艾利！」

張綠水不認為這種事能「等一下再說」，但艾利拋下他跑走了。

◆

艾利進到許教授的辦公室，關上厚重的門。

迎來的是一記響亮的耳光。

許教授已經換下實驗室白袍，穿著灰色的三件式西裝。他轉了轉自己剛揮下的右手腕，眼裡有著歲月不饒人的感慨，「你翅膀硬了是嗎？」

那力道之大，艾利的臉頰馬上腫了起來，他腳步不穩地往後退了幾步，背靠在門板上，許教授舉起右手，迎面又往他的頭上按下一掌。

「欺騙人家小孩子不懂事就算了，現在連我都敢騙？」

隔壁的辦公室有一位同樣在T大任教的中年女人，她埋首在書堆裡，戴起了耳機。

「為什麼不讓我知道綠洲集團的人來過？為什麼說我出差一個月？我聽說你最近進實驗室的時間都不固定，在做什麼？我沒有盯著你，你就不會自己乖乖做事嗎？」

瘋狂的怒吼、叫罵的嘴臉，讓艾利只想把眼睛閉起來、用手遮住自己的耳朵。但實際上，他嚇得不敢亂動，任憑又一個響亮的巴掌聲打在自己臉上。

「我把你栽培到這麼大，你是這樣回報我的嗎？」

「……」

時間突然變得好慢，眼前的一切彷彿都變得模糊起來。

「告訴我理由。」

艾利的臉頰腫了，許教授的手掌也紅了，許教授用雙手抓住艾利的臉，直視艾利雙眼。

「你為什麼要說謊？」

許教授的聲音變得輕輕柔柔，艾利的淚水卻滑落眼眶。

「因為……我喜歡他……」

「嗯，還有呢？」

輕柔的聲音卻沒有減輕艾利眼裡的恐懼。

「我想……有產學合作，是可以接近他的機會……不然像我這種人……怎麼有辦法……」

「原來是這樣啊，唉……」

許教授乾燥的手掌從艾利的臉頰往下滑，放在艾利的肩膀上，如釋重負似的嘆氣。

許教授比艾利矮，身材纖瘦，但他卻像一座山，光是影子壓下來，艾利就動彈不得。

「艾利，你長大了，會有喜歡、欣賞的對象是很正常的。但是張綠水是財閥的人，他不是你這種人高攀得起的。」

「可是……」

兩人一起度過的愉快時光一幕一幕地快速飛過腦海，尤其是張綠水的笑容。不管是開心的笑、捉弄人的笑還是無奈的笑，一旦腦子裡出現張綠水笑起來的模樣，他就沒辦法認同許教授的話。

「艾利，你想要找一個喜歡的人，和那個人交往、結婚，要等你拿到博士學位以後，我不是說過了嗎？就像我一樣。」

這一瞬間，艾利直視許教授的眼，竟宛如兩顆漆黑的空洞，深不見底。

雞皮疙瘩爬上背脊，他沒有什麼可抓住的東西，除了眼前這個男人。

許教授露出溫柔的微笑，揉了揉艾利的臉頰，「手機拿出來，我看。」

「……」

「你要自己交給我，還是我用別的方法拿到？」

「……」

艾利巍顫顫地從牛仔褲口袋裡拿出手機，交給許教授。

許教授一邊滑著手機，一邊走向辦公桌。

看了半晌，他冒出嘲諷的笑聲，「張綠水知道你跟蹤他嗎？」

如果不是背靠著門板，艾利險些就站不穩，這一刻，他只感到頭暈目眩。

「你的手機裡有一個定位軟體，是從哪裡弄來的我就先不管了，它可以看到張綠水手機的位置，也就是說，張綠水的手機裡也必須有同樣的軟體。你偷偷安裝的嗎？」

「……」

「喂！我在問話！」

「是我做的……但我絕對沒有用來做壞事！只是想知道他會去哪裡，就這樣而已……那不能控制他的手機，也不會偷看裡面的內容……而且我已經一陣子沒打開了！真的沒有在用了！」

「艾利，」許教授苦惱地按著自己的額頭，「這是不對的，你怎麼會這樣呢？」

「因為……看到網路上有這種軟體……才……」

「才一時鬼迷心竅了，對嗎？你明明知道這個世界上有很多東西，要取得很容易，但那些東西都是不對的。就像毒品，取得多容易啊！不是也流行過嗎？你自己都深受其害，你怎麼還會想要去……用那些不對的東西呢？」

「對不起……」

「這句話應該去對張綠水說。」許教授的口氣陡然變得冷硬。

噗通一聲，他把手機丟入熱水壺裡。

「我會買新的給你。」

「……」

那裡面有……他跟張綠水一起拍的照片……

「你的情緒太不穩了，這樣下去我會擔心。我聯絡一下黃醫師，你等一下過去他的診所打個解毒劑。」許教授拿起自己的手機，在輸入些什麼。

艾利望向熱水壺……

手機裡的資料都沒有自動備份，因為如果把資料存在雲端，許教授更容易發現。

如今，都沒有了……

「我跟黃醫師聯絡好了，應該不用我陪你過去吧？」

「……」他搖頭。

「那好，還有一件事。」許教授放下自己的手機。他看著艾利，一把鼻涕一把眼淚的，一直都沒變，「我要你去向張綠水坦白，把你做過的事全部都跟他說。」

「不行」哽在艾利的喉嚨裡，他紅著眼眶，彷彿看到了世界崩解的碎片。

「就說你剛剛跟我說的。你怎麼做的、怎麼有辦法辦到這些事的，全都告訴他。」

「可是……」

「說完之後，我們就要把你的生活推回正軌了。」

「……」

什麼是正軌呢？

「綠洲集團的案子要做好，你自己去把你浪費的時間補回來——噢，對了，你有一招真的很厲害，我剛剛想了一下，通常集團派代表來，又是張綠水那種習慣用網路的年輕人，他一定會發郵件給我，但我都沒收到……是不是你跟他說，我這個『老教授』習慣看紙本……之類的話啊？」

艾利還記得，兩人當時的對話……

『你有帶資料來嗎？』

『有。』

『我要紙本的。』

『有，我把它印出來了。』

他會開口要紙本，就是要避免張綠水發郵件給許教授，因為他認為憑張綠水的個性，一定不會雙重確認，張綠水一旦把文件交出去了，就會當作「任務完成」。

自己的謊言就會順理成章，張綠水當時也沒有懷疑……

「不要再動歪腦筋了！」許教授嚴厲的聲音把艾利拉回現實，「認真做好你該做的事，你的頭腦可以把人類文明往前推進三十年。不要小看這個數字，普通人佔全人類歷史的份量，比一粒沙還小，但是，你是可以推進歷史的人！」

他看著許教授朝他走過來。

「我不是跟你講過很多次了嗎？你是天才，人類史上百年難得一見的天才，所以，要好好善用你的才能，這樣才對啊！」

艾利看著許教授對他張開雙手，擁抱他、拍了拍他的肩膀。

許教授身上有淡淡的香水味，一雙手臂僵硬得像機器人，被他擁抱的感覺就像被什麼東西箝住，一點也不舒服，然而，他的耳語卻像魔咒：

「不要再讓我失望了。」

「……」含著淚，艾利點了點頭。

◆

——為什麼？

——到底為什麼？

張綠水左思右想，就是想不出為什麼艾利要說謊，而且他很有自信，憑自己這顆腦袋是絕對想不出來的！

艾利也不回訊息，那就別怪他到宿舍堵人了。

人工生命學院裡有三棟宿舍，一棟是給教授住的，兩棟是給學生住的。給學生住的不分系級、年級，從大學部到博士班全都混在一起。

起初，管理員不願透露學生個資，但錢錢還是很好用的。

天色暗了下來，張綠水就坐在宿舍前的長椅上，手上拿著廉價的冰咖啡，邊喝邊等。

遠方，在朦朧路燈的照耀下，他看到戴著口罩、低頭走路的艾利。

即使想把整張臉都隱藏起來，即使那穿著沒什麼特別的，但張綠水還是認得出來，或許這就是「熟人」的感覺——你永遠可以在茫茫人海中認出他。

張綠水丟掉裝咖啡的塑膠杯，在通往宿舍大門口的石磚道路上攔住艾利。

「我靠自己想不出來，就來問你了，你為什麼要說謊？」

「……很抱歉。」艾利後退一步，向張綠水九十度鞠躬。

張綠水疑惑地眨著雙眼，「你……你在幹嘛……？」

「我在你的手機裡裝了定位軟體。」

「啊？」張綠水看著艾利的眼神裡，充滿了震驚、不解。

「我看到你網路上的照片，在商學院附近，你有一間常去的咖啡廳，我就裝成工讀生，終於等到你把手機放在桌上、離開去上廁所的時候……我把定位軟體裝到你手機裡……」

張綠水看著眼前這男人，突然覺得好陌生。

他可以認出艾利的身形，卻不知道對方在想什麼。

他看不到艾利的心。

「我知道這是不對的，對不起。」艾利說完，又九十度鞠躬。

張綠水突然想起了值樹的話。

『對了，我要提醒你一聲，那間公司有資料洩漏的嫌疑。』

『那個人偽裝成派對服務生，但服務生有一大半都是臨時僱來的。偏偏他們公司儲存服務生的檔案壞掉了，所以查不出那個人是誰。』

『你自己小心點。』

「派對那天，你真的是去打工的嗎？」張綠水不想問，但他必須要問。

「我從定位軟體看到你去巴黎克區，那裡很危險，就跟在你後面。」

巴黎克區……

就是那廢棄工廠林立的區域，巷弄裡躲著毒蟲和流浪漢，街上都是垃圾、菸蒂和針頭。

「我派出無人機，查到有一群人在工廠開派對，」就是外型像金探子，能飛上空中的小型旋轉球體，他自己研發的，「這種事以前也有過，那間公司經常免費佔用廠房。」

廢墟般的場景和塗鴉、不知何時會發生危險的刺激感，配合適當的物質催化，就能增添氣氛，吸引想要刺激的有錢人。

「我駭入服務生的名單，混進場地。那種工廠為了出入和逃生方便，本來就不會只有一個門。主辦單位為了方便管理，通常會把小門封起來，只留大門出入，但我從小在巴黎克區長大，所以對那裡的工廠很熟。」

「所以……你進去了……」

張綠水光是聽著就很勉強了，他的腦袋根本無法思考。

「嗯，然後看到有人在騷擾你，我就忍不住過去。後來看到你們分手，我覺得很抱歉，很怕你會難過，一方面又覺得，你恢復單身真是太好了，剛好有產學合作計畫太好了，可以要到聯絡方式太好了，可以跟你聊天……都太好了……」

「哈！」張綠水笑了一聲，眉頭卻皺了起來。

他第一次遇到這麼荒謬，有如電影反轉的劇情。
比自己創作的故事還要離奇。
「那你為什麼要告訴我呢？」
他看著艾利的表情，根本生不了氣。
他的雙眼紅潤，彷彿一不小心，淚水就會潰堤而出。
「對不起。」艾利還是這句話，像機器人一樣，又一次鞠躬。
「你為什麼要告訴我啊！」
他忍不住舉起了手。
艾利認命地閉上眼睛，張綠水的手卻握成拳頭，像一團軟軟的雪，落在他的胸口。
「不是可以一直隱藏到最後嗎？這種事情有必要說嗎？我們在一起不是很開心嗎？反正我這麼笨……不是很好騙嗎？」
「我不覺得你很笨。」
其實，艾利認真想過了，如果不是許教授叫他說，他心底有一塊角落，也始終對張綠水懷抱著愧疚感，所以教授不一定是不對的，他是真知灼見。
「你有一顆很堅強的靈魂。」
艾利又在說他聽不懂的話了，不，這次，張綠水是拒絕理解。

「我很喜歡看到你開心的模樣，你笑起來的樣子最好看了，可能你會覺得你老是遇到爛人或渣男，可能我也是其中之一，可是，我們這些旁人都不會減損你的價值。你不需要委屈自己去配合別人，因為你就像鑽石一樣，閃閃發光……」

為什麼要先告訴他殘酷的真相，又對他說這種好像在告白的話？

張綠水真的不懂。

「對不起。」

因為低下了頭，又有大半張臉隱藏在口罩裡，張綠水沒有看到艾利空洞、麻木的神情。

麻木不一定是不好，因為就是沒有感覺了。對喜悅沒有感覺、對痛苦也沒有感覺，維持在空無一物的狀態，就可以不被感情左右，專心做研究了。

「對不起。」

艾利繞過張綠水身旁，走進宿舍大門。

張綠水怔在原地，明明完好的地磚卻像碎片，世界毀滅了。

他抓著胸口，為什麼那裡那麼痛呢？

原來，這就是愛著一個人的感覺嗎？

會一直注視著某人，心裡也一直想著他；雖然心很痛，卻沒辦法移開視線。

但在意識到自己擁有那種感情的這一瞬間，卻是失去它的時候。

「為什麼？」

「到底是為什麼？」

張綠水用筆電飛快地打字，一邊碎碎唸。

這一晚，他坐在月光明媚的庭院裡，桌上擺著隨時加溫的茶壺和手工小餅乾，茶杯裡飄出花茶的香氣。他叼著小餅乾，邊吃邊寫作。

「我知道大家都喜歡看反轉，但我就是轉不過來啊！現在問題已經比死不死人還棘手了，艾利為什麼要說謊騙我，然後又自己承認呢？好像有哪裡不對勁，但我就是不知道哪裡不對啊！我知道的話我還會全班最後一名嗎……居然說我出席率不夠，叫我補一篇報告！艾利的號碼都打不通，訊息也……是被封鎖了嗎？還是他換帳號了？不可能有人敢封鎖我啊！」

聯絡不上艾利，讓張綠水非常困擾。

「報告怎麼辦？不，我都可以寫出上萬字的小說了，報告小意思……不對！報告跟小說不一樣！我做不到啊～～這時候沒有一個二十四歲、就快要取得博士的天才在我身邊，我覺得自己就像廢物！嗚嗚嗚……嗚嗚……為什麼要離開我……為什麼嘛……我想不通啊啊……我是不是做錯什麼了？你怎麼可以這樣對我？」

一下憤怒地咬牙切齒，一下又哭喪著臉，張綠水的面部表情變化十分豐富，讓他的家人非常擔心。

張父透過客廳窗戶偷看，張綠水已經獨自一人在庭院很久了。

飄浮螢幕上都是小字，從張父的距離看不清楚，但他想，字那麼多，應該是報告吧？難得張綠水會乖乖寫作業……但是為什麼好像很傷心的樣子？被教授為難了嗎？誰叫他平常不乖乖上課，怎麼辦？要派人去說一下嗎？

這孩子再怎麼混，也是自己的孩子，如果被當掉，那大家的面子都會掛不住的。

「我回來了。」張景瀾走進客廳，把公事包交給管家後，一邊鬆開領帶。

管家用眼神對大少爺示意。

「爸，你在那邊幹嘛？」

「綠水在外面很久了。」

張景瀾走到窗邊一看，張綠水沒有在打字，而是在月下手舞足蹈。那扭曲的肢體、猙獰到心痛的臉龐，不停地捶著胸口、無聲的吶喊，彷彿在用凡人無法理解的行為藝術控訴老天的不公。

張景瀾面無表情，「可能又跟誰分手了吧。」

「那……」

「不要理他，需要幫忙的話他會說的。」

◆

吃飯沒有味道，喝水沒有味道，就算看到很多讚和愛心，心情還是好鬱悶，一點精神都提不起來……張綠水現在就是這種感覺，而且已經持續好幾天了。

「我是不是生病了？」

他還是有按時去上課，而且他在課堂上想怎麼拍就怎麼拍，教授已放棄。

有時候是憂鬱地單手扶著額頭，叫隔壁同學幫他拍出文青的感覺，有時候是拍講義裡看不懂的單字，上網發文求救，有時候是望向窗外……啊，為什麼商學院面向繁華的市區，可以看到旁邊有一條河，河道旁都是高級餐廳，卻看不到人工生命學院的鐘樓呢？

因為方向根本不一樣啊啊啊啊！

人工生命學院跟T大著名的商學院、法學院完全不同方向，但張綠水還是下了課就過來這邊，漫步在宛如歐洲小鎮的詩意風景裡。

「如果我是生病了的話，要不要看醫生呢？但是這要看哪一科？我覺得外面賣的咖啡都像垃圾水，怎麼會這樣？是不是我的味覺出了什麼問題？好擔心喔……為什麼沒人來關心我？」

張綠水輕輕拍著自己的胸口。

隨著日子過去，那裡已經好多了，沒有像那一天那麼疼了，可是偶爾還是像壓著什麼，讓他怎麼拍都拍不掉。

他又不知不覺地走到艾利的宿舍外。

已經好多天沒有艾利的消息了，現在回想起來，那天他們兩人就是在這裡分手的……

不對，他們又沒有開始交往，這樣算分手嗎？

張綠水倒抽一口涼氣，這種狀況他最不會處理了——明明沒有開始卻以為開始了，明明結束了卻以為沒結束，這種關係到底是什麼？兩人的關係到底算什麼？這麼複雜的感情，光靠他那升級不了的腦細胞是沒辦法處理的啊！

「為什麼……為什麼……」

他突然覺得好想哭。

「我沒有寫推理小說的才華呢？」

就在他一邊自怨自艾的時候，他看到值樹站在宿舍外，值樹看到他也嚇了一跳。

「你怎麼會在這裡？」

「你在這裡做什麼？」

兩人幾乎是同時開口。

然後同時甩頭，把自己上一秒的思緒甩掉，不願讓對方知道。

託「這傢伙」的福，張綠水完全反應過來了，他現在腦袋清楚得很。

他看到值樹很想掉頭就走，但宿舍是艾利一定會回來的地方，只要在這裡守著，就有機會遇到艾利，他才會下了課就過來——雖然艾利也有可能為了避開他而走其他的門。

彷彿是為了給對方開口的機會，值樹一直不說話，張綠水只好先問了。

「你怎麼會在人工生命學院？來找產學合作的教授嗎？上次聽你說，雪山融資不是也想涉足人工生命領域？」

「這裡是學生的宿舍。」值樹瞥了宿舍大門一眼，門廊的柱子是羅馬和巴洛克的藝術風格，蓋得很典雅，「要找教授也不會來這裡。」

張綠水雙手抱胸，彷彿這裡是他的領地，「那還有什麼理由能讓你來人工生命學院？」

「你就不會猜是我交了新男友嗎？」

「喔，恭喜你啊。」張綠水冷冷回應，但值樹卻很想分享心得的樣子。

「你不好奇我現在的對象嗎？」

「我真的一點興趣都沒有！」他只想把值樹趕走！

——你妨礙我等艾利了啦！

張綠水內心宛如有熊熊火焰在燃燒，無奈對方看不到。

值樹面帶微笑，穿著一身修長大衣的他就像電視劇裡的男主角，散發著明星光環。尤其是那一件大衣的顏色，淺咖啡色通常會用來隱喻男主角的個性溫和，但在知道值樹的本性後，張綠水只想拿一杯真正的咖啡潑下去。

「他是研究ＡＩ的。雖然他說的話我有一半都聽不懂，但他瘦瘦的、皮膚白皙，可以輕易摸到他的頭頂，很可愛喔。」

「這麼快就在炫耀新男友……是想跟我比較嗎？」張綠水不留情面、一針見血地戳破，「還忘不了我嗎？」

「……」

「你是不是覺得我比那個人漂亮、可愛，家世也很好，跟我分手很可惜？」張綠水是故意的，但他停不下來，「我不會反悔，你自己也知道，我們已經不可能了，所以見到我時，要說一下自己過得有多好，不然你的玻璃心會碎吧？」

「張綠水！」

「被我說中了嗎？」張綠水嘴角一撇，「上網發文啊，把我現在的樣子拍下來啊，我都不在乎。」

值樹維持不住笑臉了，「你一定要這樣對我嗎？」

「……」

他在遷怒，張綠水自己知道。他心裡積了好幾天的氣，不找個出氣筒怎麼行？

「你很羨慕我吧？」

「……」值樹望著張綠水的眼神，彷彿震了一下。

「怎樣？沒有得到我的同情，你還是不甘願嗎？」

「張綠水，你自找的！」

值樹抓住了張綠水的手臂，張綠水也不甘示弱。

「要我大叫嗎？看到這一幕，心碎的會是你的新小男友喔，你們該不會是在那種派對上認識的吧？」

「才不是！他是正經人。」

「你也知道你不正經啊！」

「我們不能好好說話嗎？」

「法律有規定，我一定要把前男友當朋友嗎？」

「你……」值樹也不想要這樣，但張綠水一直挑釁他，「我從以前就很受不了你了！我發的文可沒有造假，你這個人本來就很沒有主見，什麼都想要別人幫你做好，要照顧你很辛苦耶！」

「我有叫你照顧我嗎？不是你喜歡扮演大哥哥的角色嗎？你需要『被需要』的感覺！」

「張綠水……」

「你那樣看著我是什麼意思？」

值樹拉著張綠水的手臂，把人拉進自己懷裡，「我不知道你個性這麼火爆。」

「啊……」張綠水瞳孔地震，他自己也不知道啊！

「我以前覺得你是一個任性的大少爺，明明很任性，卻硬要裝可愛，明明喜歡大家奉承你，卻還在裝謙虛，用妖豔賤貨來形容你，是再適合不過了……」

「等等，你的臉……不要再靠近了喔！」張綠水舉起雙手防禦，但他的手掌太小，雙手竟被值樹一把抓住，按在胸膛上，「你要是敢親我，我一定會揍你！」

「對，你說對了，你的條件太好，長這麼漂亮，家世這麼好，我的話你都懂，我們其實很像啊！愛情不就是要找一個跟自己相似的人嗎？」

「姚值樹！」

突然，一隻手掌從背後按住了值樹的肩膀。

值樹表情驟變，這似曾相似的感覺是……

那隻手把值樹整個人往後拉，但值樹沒有因為拉力而跌倒在地，他的視線三百六十度旋轉，等他自己意識到的時候，他已經被對方用擒拿術壓在地上了。

「痛……好痛！！！！」

張綠水看著來者，完全傻住了。

「你是誰？這是誰？綠水……救我！綠水——！」

張綠水摀著嘴巴，沒有餘力管值樹，因為他此生從來沒有這麼感動過，彷彿春天融化了冰雪，冰冷的心又重新跳動起來了。

把值樹壓在地上的青年，有一頭淺褐色的短髮，穿著華麗的暗紅色長袍，長長寬寬的袖子垂下來，剛好遮住值樹的視線。

「啊……」值樹更感到莫名其妙了，「你是誰啊？警衛！救命！有沒有人！！！！」

那名青年面向張綠水，逐漸抬起頭，他有一雙冰藍色的眼眸……

他的五官線條很銳利，眼角略帶高傲，彷彿看不起這個世界上除了自己以外的人，但沒關係，他有非常性感的下顎線條。

張綠水的一雙小拳頭放在自己的心窩上，雙眼都要眨成愛心了。

他沒想到，居然是伊韓亞！

——伊韓亞！！！！

……等一下，這不是真人扮演的吧？

張綠水突然冷靜下來，因為這個人太像「人」了，他剛才那精準的動作，就像在軍隊服役過。雖然值樹本來就是外行人，也沒學過武術，但剛才那個要把一名成年男性舉起來又壓在地上的擒拿動作，不是普通人類能使出來的吧？

那這個人，是機器人嗎？

機器人的臉怎麼會跟人類這麼像？那自然呼吸起伏的頻率、眼神……尤其是眼神，不像塑膠珠子，反而像是……活的。

彷彿裡面被灌入了靈魂。

「你是……伊韓亞嗎？」

張綠水怯怯地開口，與青年對上視線。

青年歪了一下頭，好像有些疑惑，但是他的眼神稍微改變了，變得像不認識這個世界的嬰兒，有一點好奇，有一點恐慌。

「你有名字嗎？」

「綠水！你跟這個人認識嗎？快叫他放開我！」值樹大叫著。

宿舍裡有人注意到動靜，跑出來看，附近也有學生停下腳步，對他們指指點點。

「你是……誰創造的呢？」

張綠水不停觀察青年的動靜。

他的姿勢沒變，眼神和表情卻變了。

「對不起，你才來到世上就叫你做這麼殘忍的事，你可以放開他了。」

青年沒有反應，依舊維持擒拿的姿勢。
「我沒事了，所以……」
青年突然把值樹拉起來，但以手臂勒著值樹的脖子。
危機還沒解除。
「綠……綠水……」值樹只能對張綠水求救了，「求求你了……你有那麼恨我嗎？」
「不要傷害他！喂！你有聽見嗎？伊韓亞！」
張綠水不希望見到任何人受傷，而伊韓亞——不管他是什麼——所展現出來的執行力、精準計算的能力，和那具身體所蘊含著最純粹、最原始的爆發力，就算他不是研究人工生命的學生也感覺得出來。
伊韓亞會忠實執行「主人」的命令，甚至會……殺掉值樹。
「我不恨他！」
張綠水拉住了伊韓亞的手臂，想讓伊韓亞鬆開，但伊韓亞文風不動，所以他也急了。
「我不想時間浪費恨他，因為我想要快樂地和你在一起，艾利！」
他不能讓艾利造成憾事。
「拜託你了……聽到我的聲音……你不是這樣的人……」
他低下了頭。

在那一瞬間，雖然伊韓亞還維持著勒緊值樹的動作，但他們兩人都可以感覺到，伊韓亞的手臂角度改變了。值樹可以順暢呼吸，但他還被困在伊韓亞的身體前方，只是可以讓他順暢呼吸的那個角度，被伊韓亞的袖子擋住。

張綠水不懂了，是故障嗎？

為什麼不直接放開呢？

「你在聽吧？你明明有聽到我的聲音，喂！放開！——喂！」

張綠水想用蠻力移開伊韓亞的手臂，但不管他用拉的、拔的、敲的，伊韓亞都還是不動。

「值樹，這一定是你平常做人太失敗了。」

「跟我有什麼關係？」他只是來等小男友的，「這個人是誰啊？」

「他不是人。」

「啊？」值樹雙眼瞪大。

「你家不是想跨入人工生命領域嗎？他應該就是新的試驗品，你連這也不懂？哼……反正你還活著，就把你放在這裡好了。」

就在這時，一群穿著實驗室白袍的人浩浩蕩蕩地走過來，領頭的就是許教授。

「……」張綠水提起了幾分警戒。

「原來是跑到這裡了。」許教授來到張綠水面前，親切地點了個頭，「我聽學生說有試驗品暴走，就立刻趕過來了。」許教授也看到了值樹的慘狀，眉宇之間流露出擔心的神態，「很抱歉，同學，我立刻放你出來。」

值樹很會看場合，暫時收斂了脾氣。

許教授跟學生低聲討論。他們用飄浮螢幕計算著普通人看不懂的公式，但算了半天，伊韓亞都不動。算到值樹都疑惑地望向張綠水，張綠水偷偷聳肩，表示他也不知道怎麼回事。

「怎麼會不能寫入……」許教授邊說邊思考著，「這種距離下一定有控制者，因為它不可能有ＡＩ，現在還沒有那種技術，有的話我會知道，所以在一定距離之內……」

「你在找控制者嗎？」

聽到那聲音，張綠水驚喜地轉頭，看到戴著口罩的艾利從一棵不起眼的樹下走出來。

「我就是控制者，」艾利身邊飄浮著金色小球，「是我控制生化人攻擊人類，我只有一個目的——我要大家跟我一起死！」

第九章

「咦……」張綠水怔住了，「你說什麼……？」

「你知道他是誰吧？」

艾利對著許教授問，卻指著張綠水。

「我當然知道——」

許教授臉上還有溫和的笑容，像一個循循善誘的導師，但艾利打斷他的話。

「綠洲集團的張綠水，他欺騙我的感情。」

「什麼？」張綠水一臉震驚。

「教授，你說的對，我配不上他，但他跟我在一起的時候明明那麼開心，現在轉頭就去找前男友，你知道我看到的時候有多難過嗎？」

「艾利……」許教授支撐不住臉上的笑容了，「你冷靜一點。」

「既然我沒辦法跟他在一起，我也沒辦法忍受他跟別人過得開心，那就全部殺掉好了！反正我也沒有什麼好失去的了！」

「……」張綠水頭腦地震了。現在是誰拋棄誰？要不要調監視器回放一下？

「……」值樹也愣住了，自己現在是捲入了三角感情糾紛嗎？

「那個……」值樹怯怯開口，「我可以把綠水讓給你，請放開我，好嗎？」

「喂！」綠水都想親自勒死這傢伙了！

艾利瞥了值樹一眼，注意力卻仍放在許教授身上，「教授，你是最了解我實力的人……不，你身後那群學生也都懂，因為大部分的研究都是我做的。我在這一次的試驗品體內塞滿了燃料血，那個輻射性有多高，相信在場的各位都知道。」

雖然張綠水和值樹不知道，但在場的學生都是人工生命學院的，他們再懂不過了。

「那個爆炸的話，所有人都會死。我已經調好劑量了，即使是被一小滴噴到，你的大好前程就沒了！」

許教授身後已經有學生倒抽一口涼氣，跑走了。

一個人跑走後，陸續有人跟著跑掉。

有人想看教授的臉色，但許教授的臉上也浮現出恐懼，馬上讓跟隨他的人失去信心，連電子裝備也丟下了，尖叫著跑走。

「什麼是燃料血？」

值樹看這陣仗，不禁害怕起來，因為他正被伊韓亞箝制著，正所謂首當其衝！

「那是一種灌在生化人體內，代替電池的東西。」艾利親自解釋，「電池的容量有限，燃料血卻可以像人類的血液一樣在生化人的體內循環。目前還在實驗階段，但學界已經公認那含有高濃度的輻射，如果操作不當，就會像小型核電廠爆炸。」

「什麼？」值樹驚恐了，「我不想死……我還不想死啊！喂，你知道我是誰嗎？你們知道我是誰嗎？」

他看口罩男不為所動，轉而向許教授叫囂：「我是雪山融資的繼承人！我死的話，我奶奶不會放過你們！」

「……」

許教授看著艾利，他的臉上有震驚、有恐懼，也有憤怒。

「得不到的話，只好毀了他。」艾利仍是對許教授說，卻指向張綠水，「但是，只有他一個人和那個前男友也太無趣了，所以，全部的人都去死吧！」

艾利拿出一個小型遙控器。

突然，伊韓亞放開值樹，拉開了自己的衣服。生化人的胸口冒著紅光，皮膚底下很明顯有什麼在膨脹。

「我要報復社會！！！」

艾利突然大吼，學生尖叫著跑走，許教授也轉過身。他終究還是選擇了自己的性命。

就在這時，警報鈴響起，不知道是誰去按的，宿舍裡的學生開始從建築物裡疏散。艾利的舉動大概被傳開了，現場變得更混亂。

值樹逃跑的時候跌倒了，張綠水則嚇得抱頭蹲下。

他真的沒想到事情會變成這樣……

怎麼辦？怎麼辦？我會死嗎？

就在張綠水忍不住啜泣的時候，一雙厚實的手掌握住了他的手臂。

「綠水，我騙過他們了，你可以幫幫我嗎？」

——咦？

張綠水不解地抬起頭，看到艾利就蹲在自己面前，用顫抖的聲音、無助的眼神，說出那些話。

「我絕對不會傷害你，但我也不能讓他們奪走伊韓亞……」

艾利觸碰他手臂的手青筋浮起，代表他明明很用力，很想緊緊抓住這個人，但張綠水卻感覺不到艾利的手「抓著」他。

好像他明明承受著極大的痛苦，卻仍是小心翼翼的，不敢把自己的聲音傳達出去……

「求求你……」

「……」

張綠水很久沒看到艾利的臉了，如今艾利又戴起口罩，但因為兩人的距離很近，他可以看到艾利的眼裡布滿血絲，黑眼圈很重。他忍不住伸出手，摘下艾利的口罩。

那瞬間，張綠水的淚水在眼眶裡打轉，但他知道，自己沒有落淚的資格。因為眼前這男人比他更有資格落淚，他都沒哭了，自己哭什麼呢？

「艾利……」
艾利的左臉有一塊很重的瘀青，嘴角皮開肉綻，右臉也好不到哪裡去。
艾利垂下視線，把口罩戴好，「你可以幫我嗎？求求你了……」
事後回想起來，那是艾利第一次向人求救。因為他在這個世界上沒有人能夠倚靠，他沒有「最愛的人」，除了張綠水。
張綠水馬上下定決心，毅然決然地站起來，「你要我做什麼？」
「伊韓亞電量不夠了，他沒辦法移動，在教授發現之前，我們得把它搬走……」
「你剛剛不是說……？」張綠水的腦袋沒辦法處理那麼多訊息！
「那是皮下色素，不是真的炸彈。」
「你沒有要……」
「我可以做到，但我絕對不會用那份力量來傷害你。我不想要讓你傷心，我不想要毀掉你眼裡的『美麗新世界』，因為我知道……它對你很重要。那些孩子你會想救一個算一個，你一點都不想殺掉他們，對吧？」
「你也是那些孩子的其中之一嗎？」
「不。」他已經不是小孩，可以獨立站出來了，「幫幫我吧，綠水，我需要你。」
張綠水點了點頭，「好，因為你說你需要我，我就來了……我來了！！！」

艾利用僅存的電量放倒伊韓亞，但兩人要搬動的時候遇到一個大問題。

「等一下，為什麼伊韓亞這麼重？」

張綠水完全沒想到，因為伊韓亞從外觀看來明明就很瘦！

「因為是軍用的……」

大部分的重量都靠在艾利手上，但憑他一個人也快撐不下去了。

「啊～真的好重！等一下，我看到了！值樹！我叫他來幫忙！值樹——」張綠水必須放手，不然他的手臂會先斷掉。

因為來不及逃跑而躲在樹叢底下的值樹被找到後，在一頭霧水的情況下代替張綠水的位置，他搬腳、艾利搬上半身。

「這什麼東西？真的好重……屍體嗎？」

「是生化人。」張綠水一邊滑著手機，輕輕鬆鬆地在傳訊息。

「為什麼生化人這麼重？」

「因為是軍用的……」艾利試圖解釋，但被值樹瞪了。

「為什麼軍用的生化人這麼重？」

艾利自知理虧，態度變得低聲下氣，「其實這是可以調的，透過裡面的化學變化，生化人有AI調節體質，但現在沒有電，所以我也……」

而張綠水的解釋更簡單粗暴：「你家不是想投資人工生命嗎？連這點都不懂，你要不要去吃屎？」

「喂！我現在是在幫你現任男友的忙，我本來是來約會的……要是害我被甩掉，你們就慘了！這全都是你們的錯！」

「還不是現任男友呢～」

張綠水輕飄飄地說了一句，綠眸瞥向艾利，嘴角卻勾了起來。

◆

『我要報復社會——！』

畫面暫停，張景瀾看著來找他的兩人，眉頭皺得更緊了。

他已經把值樹請回去了，當時，張綠水一度很不滿。

『哥，你為什麼要對這個人好聲好氣的？』

但被他瞪了一眼，張綠水就乖乖閉嘴了。

人家是雪山融資的繼承人，可是把超跑都開出來了，一路直奔綠洲集團的總部大樓。聽說車子坐墊還被生化人的重量壓壞了，姚植樹都沒要賠償了。

「所以呢？」張景瀾看完路人上傳的影片後，開口，「要我幫什麼忙？」

「我親愛的大哥，我最尊敬的大哥～你也看到了，艾利多可憐啊！」

艾利戴著口罩，不發一語，但張綠水已經開始演起來了。

「艾利被他的教授虐待、壓榨，好不容易研發出了生化人——你看人家長得多帥，皮膚多好——都可以拿到市場上去賣了，可是，許教授卻要以他個人的名義向世人發表，這不是搶走艾利的功勞嗎？」

如果沒人說這是生化人，張景瀾還以為自己的辦公室來了一位智障。

一名穿著暗紅色長袍的青年，不會把自己撕破的胸口遮一下，還拿起書架上的優良企業獎盃，把它摔破了。

雖然那東西張景瀾也不是很在意，但這名青年對自己的身體視若無睹，反而對外界很感興趣。他把獎盃碎片撿起來，在燈光底下觀察那色澤。

「真的做得很好啊……」張景瀾戴上眼鏡。他可以從生化人衣服的破口，看到胸肌和一部分的腹肌。他為那線條和視覺上的軟硬度，讚嘆不已，「我都以為是真人了……不是說沒電了嗎？」

「我剛剛充好了。」艾利舉手承認。

突然，祕書衝進辦公室。

「總經理，找到跳電的原因了！」

發現氣氛不對，祕書先看到張綠水和艾利……又看到一位穿紅袍的青年，正在把張景瀾的咖啡杯拿起來，丟到地上……

在張景瀾的嘆氣聲中，祕書訕訕地出去了。

張綠水趕緊再裝可憐，「大哥～伊韓亞沒電了，我們要先充電，才能把生化人厲害的一面展現給你看啊！」

伊韓亞把空氣清淨機的插頭拔起來，聞一聞，舔一舔。

「怎麼樣？我為我們綠洲集團挖到了一位人才。大哥，你以後跟他合作就好了，是不是很棒？」

張綠水眨眨眼，這次裝可愛。

張景瀾再度嘆氣，「你們的意思是，所謂研究『身體』的權威，許筑昆教授，他這些年來的研究都是這位——艾利希歐．巴克萊雅——做的？」

「……」艾利低下了頭。

「從什麼時候開始？」張景瀾問，張綠水則用手肘推了推艾利。

「……十年前遇到他……一開始是簡單的數據，我覺得沒關係，我也不在意，反正都是很簡單的東西，別人做不到或要做很久，我順手幫他們做好，他們還會感謝我。」

一開始，所有人的態度都是不一樣的。

「我設計了超級電腦，建立了C-set實驗室，之後開始研究ＡＩ……」他望向青年，「『伊韓亞』對我來說有特殊的意義，他不能拿去販賣。不發表也無所謂，但是……不能從我身邊奪走他。」

——特殊的意義……

張綠水望向伊韓亞。

雖然伊韓亞的行為呆呆笨笨的，但那俊美的外型與一身華麗的長袍，都是出自他設計的草圖。他想起艾利在實驗室做的全息投影，雖然艾利講的科技理論他都不懂，但看到伊韓亞出現在這個世界上，他知道，艾利有把他放在心上。

「大哥，你一定要幫他！不然……不然……」

「不然怎樣？」

張景瀾倒是好奇了，張綠水從來沒有為了哪個男人對家人開口過。

「不然我晚上會睡不好，皮膚就會變差！我心裡會一直想著這件事，噢，可憐的艾利，如果我們幫不了他，還算什麼有錢人。財閥是可以被小看的嗎？我一定要保護他……大哥，我一定要保護艾利！不然我晚上會睡不著……」

「……」張景瀾放棄跟張綠水溝通，轉而問艾利：「你沒有控制他，他還可以有自主意識的行動？」

艾利點頭，「只能做簡單的動作。他的ＡＩ發展得還不完全，ＡＩ本來就是需要時間進化的。」

「你可以同時研究『身體』和『靈魂』？」

「身體和靈魂不應該被分開。」

「嗯……」

張景瀾有聽過類似的理論，這理論並非艾利獨創，但問題是，有沒有人能實踐呢？

「我聽請來的學者說，學界分為兩派，一派研究身體，就是義體、義肢，由於能在各個領域被廣泛運用，這一派的研究比較多。ＡＩ當然也有人研究，但多半都著重在軟體編程，把ＡＩ變成靈魂灌入生化人體內，這種事……」張景瀾很難相信，於是為話題轉了方向，「我們集團的目標是軍用，可能你已經有耳聞了。」

「我把他的身體強化過，但要做成軍用的話，我建議把臉拿掉。」艾利道。

「為什麼？」張景瀾皺眉。

「把自己的同胞派上戰場，或派一群冷冰冰的機器出去，你覺得軍方會選哪一種呢？要讓生化人代替人類上戰場，就要把它們的臉拿掉，讓它們沒有『人』的感覺，人類利用起來才不會有愧疚感。」

「真不像一個科學家會講的話……」

話雖如此，張景瀾的笑容裡卻帶有讚賞。

張綠水知道，艾利已經通過「面試」了，「那，大哥……」

「我不能派綠洲集團的法務部。」

「為什麼！」張綠水大聲抗議。

「艾利希歐先生，你有能力做出生化人，但你沒有辦法證明。」

「還要證明什麼——」

張綠水原本想嗆回去，但艾利悄悄拉住他的袖子。

「我相信所有的文件、數據都在許教授的掌控之下，許教授是學界權威，很多人都跟他有合作。如果我派法務部出馬，就會變成集團對集團的專利權大戰，焦點會被模糊掉。」張景瀾先對張綠水解釋，接著對艾利道：「我對你的遭遇深感同情，但想跟我談判的話，先把屬於你的東西掌握在手中再說。」

「大哥，你是想見死不救嗎？你沒看到伊韓亞那麼帥嗎？那件衣服還是我設計的呢！」

「那件衣服就是最累贅的！」

張景瀾才剛罵完，伊韓亞一轉身，長長的袖襬掃掉了一疊文件。

「我可以介紹律師給你們，業界最頂尖的事務所，那裡有我認識的人。」

「那……解毒劑怎麼辦？」艾利突然問。

「什麼解毒劑？」張景灝不解。

「對啊，什麼解毒劑？」張綠水也沒聽說過。

◆

兩人來到律師事務所。

「綠水少爺，我們等你很久了。」

業務組長對張綠水諂媚地笑，並恭迎張綠水和艾利到最大間的會議室。

「我聽景灝少爺說了，這次的case會請出我們的明日之星，名校畢業的人才，他就是～程律師！」

一名年輕律師已經在會議室裡等著了。他穿著名牌西裝，一看就一表人才，男人對張綠水微微鞠躬，禮數做足，但又不會太做作。

「你們慢慢談。」

組長先出去了，會議桌上已經備妥了簡餐和咖啡。

會來找律師，多半不是什麼光彩的事，而艾利的故事要從二十五年前說起——

張綠水參加派對的廢棄工廠就位於巴黎克區，早期中小型工廠林立，很多外地人來這裡打工。這些人的特點就是多國混血，男的帥、女的美，作風開放，因此巴黎克區也有「小巴黎」之稱。

雖然大部分的工人都是中低收入的勞工，但娛樂場所、紅燈區卻因為這些帥哥美女的關係一家家地開。在這些聲色場所中，一種毒品悄悄流行，後來大爆發，巴黎克區的工人幾乎都染上了。

二十五年前，在吸著毒的狀態下，一個女人受孕了，她就是艾利希歐的母親。

艾利從小就不知道自己的父親是誰，母親也很少管他，好像他吸食著陽光、空氣、水和垃圾桶裡的廚餘就能長大，但艾利從小就跟別的孩子不一樣，他的頭腦很好。

他在巴黎克區的小學唸過幾天的書，其他都是靠自學，因為他母親不想繳學費，就叫他去工作。艾利沒有聽母親的話，他像一道影子，沒有人捉摸得到，沒有人管得動他，但他也沒有造成什麼傷害。

很多時候，他只是默默待在一個角落，手上捧著偷來的書。

在他眼裡，「這些東西」都非常簡單。他這時還不知道知識可以利用或販賣，但他對於知識的渴望與日俱增，他也發現比商店更好偷東西的地方——學校。

他在十三歲那年，母親吸毒過量死了。當時，他因為計算帳目的能力，被一位幫派幹部看上，但他們都太無聊了，手法他也不喜歡。他就離開巴黎克區，在街上流浪，最後輾轉來到了另一所很大的學校，T大。

大學校園是開放的，沒有圍牆，但商學院、法學院的人太光鮮亮麗，人數也多，很容易被發現。而人工生命學院不一樣，它像一個遺世獨立的小鎮，一來讓艾利想起家鄉，二來以前凡妮莎博士的藏書沒有嚴格管控，要偷很容易。

艾利的行為很快就被許教授發現了。

許教授非但不生氣，他請艾利吃飯，一邊問清了緣由。可能是他的態度、笑容或一杯溫暖的茶，艾利把自己的來歷都說了，許教授因此發現，艾利是「ＡＤ兒」。

Artificial Destroyer，簡稱ＡＤ，就是那款曾經流行的毒品名稱，至今仍未完全消失。ＡＤ有幾種特性，它是非常強烈的中樞神經興奮劑、提神劑，會影響血清素、正腎上腺素、多巴胺等腦內激素，由於是人工合成的毒品，變化型態也很多。

艾利因為在媽媽肚子裡就接觸到毒品，出生後也可能在非他的意願下碰過，以致於他經常會出現失眠、焦慮、憂鬱等症狀。許教授表示，艾利的大腦可能在出生的時候就被毒品破壞了，但他有一位朋友是化學博士，也是醫生，他可以為艾利調配解毒劑。

這解毒劑，一打就是十年。

聽完艾利的故事後，程律師建議艾利先去做全身性的身體檢查。

「程律師。」

在離開會議室之前，張綠水從背包裡拿出一個紅包。他現在很會做人了。

程律師尷尬地笑了一下，雙手揹在後面，「這……」

「我聽說程律師的老婆剛生小孩，你接手我們的案子，還有辦法準時下班嗎？」

「不管怎麼樣，費用我會按規定請款，您不必這樣。」

「你兒子叫什麼名字呢？」

「智源，因為我們希望他未來充滿智慧、飲水思源。」

「智源啊……」

張綠水拿出筆，在紅包袋上寫下：祝程智源小朋友平安長大。

「請幫我交給他，希望他以後可以長成跟爸爸一樣帥的律師喔！」

張綠水都做到這份上了，對方沒有不收的道理。

程律師隨便一摸。那紅包很厚，但他還是有辦法塞進西裝內袋裡，臉上的笑容也變得不尷尬了，「我送你們去搭電梯，這邊請。」

艾利去程律師推薦的醫院做了檢查，之後，他就住在便宜的背包客旅店。都請了律師，這就是要開戰了，事到如今，他不敢，也不能回學校宿舍。張綠水說要出錢讓他住好一點的飯店，但他拒絕了。

其實，他心裡很害怕，真的很怕……

報告出來的那天，醫院的會議室裡聚集了多位醫生、程律師、張景瀾和綠洲集團的人，連警察都來了。張綠水和艾利都不知道會來這麼多人，兩人面面相覷，卻還是在張景瀾的授意下坐下。

主持醫療團隊的醫生走到艾利面前，遞給他一份紙本報告，「你自己看。」

「……？」

艾利起初十分疑惑。

紙本報告大家都有，人手一份，但每個醫生都眼神閃躲，增添了氣氛的不安。

張綠水也拿到一份，但裡面都是專業術語，他哪看得懂。

「喂！」張綠水忍不住拍桌，「你們大張旗鼓地把人叫來，自己卻不解釋，我們集團是這樣養醫生的嗎？要不要換一個會講話的過來？」

主任醫生有點畏懼張綠水的慣老闆嘴臉，回頭看了張景瀾一眼，但張景瀾點頭，示意主任繼續說下去。

主任沒理會張綠水，而是對艾利道：「這裡有醫學書籍和期刊，網路也可以用，資料你自己查。」

「幹嘛無視我？」張綠水很不滿。

「我們只有一個疑問……」主任抿了抿嘴。艾利已經在翻閱報告了，翻一頁，眼睛就眨一下，查資料的手速也很快。「巴克萊雅先生，你真的知道這十年來，打進自己身體裡的是什麼嗎？」

「你們幹嘛問他？」張綠水越發不滿，「他不就是來做檢查的嗎？」

「你真的……一次都沒有懷疑嗎？」

艾利看到自己的血液檢查報告了，裡面的成分……

他吞下一口苦澀的唾沫，擰著眉，閉上了雙眼。

「我們對你做過精神鑑定和智力測驗，你的智商高過一般值，大腦神經元的反應非常活躍，可以說是科學驗證的天才。這樣的你……難道一次都沒有懷疑，以解毒劑名義打進你體內的究竟是什麼嗎？」

「這是在寫推理小說嗎？把話講清楚啊！」

張綠水急著想聽到答案，艾利卻希望他們不要再說下去了。

他把報告揉掉。

看到艾利的反應，張綠水更加不解，這些紙上到底寫了什麼，都是英文他看不懂啊！

「檢驗結果顯示，你體內有AD的分子殘留物，這不可能是十年前留下的……一定是最近有使用過……」主任說完，馬上轉頭看張景瀾的臉色。

張景瀾沈默不語，主任只好趕快回到座位上。

「什麼……」張綠水覺得自己好像懂，又好像沒懂，「艾利怎麼會……？」

——所以，才有警察來嗎？

「哥，你已經知道了嗎？你們都看過報告了嗎？」張綠水拿起紙本一摔。

啪！

艾利的眼淚也掉了下來。

「現在是在欺負人嗎？要把艾利當成犯人帶走嗎？你們有問過我嗎？」張綠水指著眾人叫囂。他的嘴臉很難看，但張景瀾沒有阻止。

「艾利，你反駁他們啊！你沒有吸毒，對不對？」

艾利搖頭，張綠水露出笑顏，但艾利下一秒的話，又讓他有如墜入深淵。

「我沒有問過解毒劑的成分是什麼，但每次打完都會覺得精神很好……」

「為什麼不問呢？」

張綠水坐下來，單手放在艾利肩膀上，卻發現艾利在顫抖。

「我們檢測到的不是原版AD，比較像是改良過的新物質。」精神科的醫生打開簡報，將影像呈現給眾人看，「你的身體對這種物質的耐受性很高，所以比較有可能的推論是，因為你從小接觸AD，這種物質剛好提取出了AD裡能讓人提神、注意力集中的成分，說白話一點，就是它能加強你的大腦機能。但遺憾的是，它會產生身體和心裡上的依賴，尤其是心裡上的……」

「我也有同樣的疑問。」張景瀾開口後，醫生便退回座位，「艾利希歐，像你這麼聰明的人，真的不知道許教授對你打的是什麼嗎？」

「大哥！」

「綠水，你閉嘴。如果艾利希歐有濫用藥物的嫌疑，他就該為自己的行為付出代價。你不能跟這種人在一起。」

「我有說我們要在一起了嗎……」張綠水乖乖坐下，心裡卻很不安。

但是，艾利握住了他的手。

那隻顫抖著的手，鼓起勇氣伸過來，像抓住救命稻草一樣握住他，並且在握住他之後，漸漸不再發抖了。

張綠水什麼都沒做，他只是待在艾利身邊，把自己的一隻手任憑艾利牽著而已，但他沒想到這樣就可以帶給艾利力量。

「對我施打解毒劑的，不是許教授本人。」艾利開口，「是許教授的朋友，一位姓黃的醫生，他就在這間醫院任職。」

此話一出，會議室內的議論聲炸開了。

任職的事是巧合，程律師會推薦到這間醫院做檢查，是因為綠洲集團有投資這間醫院，算是跟醫院的董事會關係不錯，院方不會怠慢。

「他在外面有開診所，但他每週四會到大醫院兼職。」

艾利的語氣冷硬，但他的手在發抖，必須緊緊握住張綠水。

「其實，我找到黃醫師了。」程律師扣上西裝鈕釦，起身，「很抱歉沒有告訴你，艾利希歐，但我也先拿到報告了。你在做心理評估的時候有提到，你在外面的診所長期看診，基於關心客戶等理由，我就找到了那家診所，警方現在已經逮捕了黃醫師。」

但還是有警察朝艾利走過來，張綠水不禁牽緊艾利的手。

「我方合理懷疑，黃醫師受許教授指使，將一種改良過的『物質』打進當事人體內，名義上是確保當事人在精神、情緒上的穩定，實則是讓當事人長時間保持在最佳狀態下進行研究，並且讓當事人產生非自願性的依賴。我的客戶是受害者，請大家不要忘記。」

程律師發表完高見，走到艾利身邊，低聲道：

「你必須要去警局一趟，我也會陪同，如果要打刑事官司，這是必要的步驟。」

「……一定要嗎？」

從口罩底下傳來悶悶的聲音。

「我只希望他不要來搶伊韓亞，快點給我博士學位，有必要搞成這樣嗎？」

「……」程律師沒辦法替客戶回答。

「綠水，我該怎麼做呢？」艾利轉頭問。

「……」張綠水皺著眉，越想越氣，「你覺得自己沒錯的話，就去吧！去證明自己的清白，讓真正的壞人得到懲罰！」

艾利放開張綠水的手，起身跟著警察和程律師出去了。

張綠水看著艾利的背影，直到消失在門後，他才發現，艾利能抬頭挺胸了。

「你還是不能跟那種人在一起。」張景瀾冷冷補上一句，「他的出身跟你差太多了。」

「哼，都什麼時代了還講求門當戶對？」

「其他人也會反對的。」

張景瀾指的是其他家人。

他起身，帶著祕書和綠洲集團的高層離去。

◆

官司開打，網路上也開戰了。

兩肇當事人都沒有用網路發話，T大校方沒有做出任何聲明，庭審沒有直播，但因為C-set實驗室被作為蒐證現場封鎖，使得不知道這場官司的學生現在都知道了。

有人說，這是一名拿不到博士學位的學生控告自己的指導教授壓榨，但這年頭哪有不壓榨學生的教授呢？這個人會不會太誇張？

——但是，如果只是一個窮學生的話？請律師的錢從哪裡來？

——難道……艾利希歐是有錢人的私生子？

——有錢人都很注重隱私的，會這樣打官司嗎？應該私下解決了吧？

——搞不好人家是訟棍，你怎麼知道神經病在想什麼？

——附上艾利叫囂的影片。

由於庭審內容沒有公開，很多人不知道這兩邊在打什麼。程律師準備了長長的訴狀，控告許教授濫用藥物、傷害罪、虐待青少年、抄襲、侵佔智慧財產權與專利權。

許教授也請了知名律師，反控告艾利毀謗、抄襲、侵佔智慧財產權與專利權。

如張景瀾所預料，只要導向專利權的問題，焦點就會被模糊，法官和陪審團會怎麼判？沒有人知道。那張景瀾為什麼能預料到呢？因為他只要在網路上搜尋一下，就能找到許教授的背景。

人工生命學院的許筑昆教授，精通理工、機械工程和航太科學，是一個三十六歲就取得博士學位的天才，他的頭腦根本就不是普通人的等級。

因為他是天才，才會知道怎麼對付天才。

艾利還太嫩了。

這段期間，張綠水也不好過，他難過到……寫不出半個字了。

「我的報告怎麼辦？」

張綠水躺在床上，讓艾利看到他蓋著棉被、香扇小露的模樣，再把頭微微一傾，他相信自己這樣很傾城。

『我幫你寫。』艾利坐著，背景是宿舍房間的牆壁。

艾利搬回宿舍了，因為官司開打後，實驗室裡的東西都被列為證物，他和許教授都不能進去。他該修的課早就修完了，如今不用做研究，他也沒事做了。

「真的？」張綠水微笑，但艾利發現那笑容跟以前不太一樣。

……好像有點勉強。

『嗯，真的。』

艾利臉上卻多了微笑。私底下視訊的時候，他不會再戴著口罩了。

『那些東西明明都很簡單，不知道你為什麼要搞這麼久。』

「你來寫寫看啊！什麼產業分析……我又不是霸道總裁，我會那種東西嗎？」

『我幫你拉一套模型，以過去十年的營收為背景，如果沒出什麼大狀況的話，應該可以稍微預測一下產業未來的走向。』

「哪個大學生會做那種事？網路文章剪貼一下就好了，你寫得太專業，教授一看就知道不是我做的了。」

『哪有專業？我也只是電腦輸入一下，普通人都會的。』

艾利臉上的傷慢慢好了，這是近日來唯一讓張綠水感到安慰的事。

艾利可能不知道，但張綠水是社群的重度使用者，艾利那句「我要報復社會」已經被剪成短片廣泛流傳，輿論也一面倒，認為他就是一個神經病。甚至有家長連署請願，要求學校開除艾利，因為校園裡不能存在這麼一個未爆彈。

『伊韓亞還好嗎？』艾利問。

張綠水滑動手指，讓飄浮螢幕飄過去，拍到一團白布，底下就是雙手抱膝的伊韓亞，龜縮在牆角。

『為什麼要把他蓋起來？』艾利不解。

「他沒電了，又不會動，半夜看到很可怕。」

『你可以充電啊。』

「我覺得他的ＡＩ好像有點問題……我不敢充啦，萬一他一直丟東西或……想要殺我，怎麼辦？」

艾利馬上聯想到，一定是自己先前的舉動給張綠水帶來了陰影，『對不起。』

「又不是你的錯……」

『就是我的錯，我嚇到了很多人。』

「那種情況，你也是不得已……」

張綠水聽程律師說，人工生命的研究大多是團隊合作，因為它的領域跨度很大，人才培養不易，經常有理工背景的教授找工程學系、化學系等等的師生合作。

一篇論文會有很多共同作者，許教授也有把參與的學生名單列上去，抄襲可能告不成。即使那些研究都是艾利做的，但艾利也有在名單上，因此這是「工作分配不均」的問題，如果有人要追究，組員只要口徑一致就好了。

「艾利，你人緣一定很差……」才會找不到朋友為你作證。

『嗯？』

艾利不解，張綠水怎麼會突然說到這點？

「我是不是你第一個朋友啊？」

艾利笑著搖頭，『我以前在巴黎克區也有朋友，但現在都沒有聯絡了。許教授說要跟過去完全切割，我才可以有光明的未來，所以……我也沒有想要回去。』

「你到現在還相信他的話？」張綠水突然有一陣無名火上來。

『綠水，我只跟你一個人說。我不恨他，是他把我帶進人工生命的領域，他讓我認識凡妮莎博士的，他認同我的理論、我的計算，C-set 實驗室要買什麼設備，都是他聽我說才去申請的。』

「……」

『他對我來說，就像爸爸一樣，所以……』

所以在法庭上，當被告律師問他「你為什麼不躲呢？」的時候，他根本答不出來。

「他打你的時候，你為什麼不躲呢？你一個身高一百八十六公分的二十四歲健康男性，對上身高不到一百七十公分的文弱教授，他打你，你卻不躲，這不是讓人覺得很奇怪嗎？」

『他以前不是那樣的人。』艾利無奈地笑了一下，卻讓張綠水好心疼，『是壓力吧……這件事只有我知道，教授每天要跟那麼多人周旋，有學界的、有產業界的，他要靠安眠藥才能睡著。』

——你還在為他講話……

張綠水都不想唸了，人的腦袋就是這麼奇怪啊！

『他跟家人的關係也不好，他老婆嫌他都住在學校裡，只有寒暑假才回去。而他兒子很笨，他自己說的，怎麼教都教不會。』艾利吐出一口氣，肩膀也放鬆下來，『不像我，還會自學。』

「艾利。」

『嗯？』

「做你喜歡的吧！」

張綠水決定了，喜歡一個人就是要放手，讓那個人展翅遨翔。

而他，喜歡艾利。

「我會做你的後盾。你不喜歡待在學校、不喜歡研究，就不要做了！我有零用錢，我會跟爸爸要，我來養你！」

『哈哈，什麼啊……』艾利哭笑不得。

「從今以後，你只要做你自己想做的就好，不要管人家怎麼說……」

張綠水今天才滑到一篇貼文，有人工生命學院的學生出來爆料，艾利的事其實很多人知道。

——許教授動手的聲音那麼大，是要多聾才會聽不見？

——產業界想要有東西炒作，但學術界拿不出新玩意兒，艾利希歐是一個可以一直提出新點子的人，不把這樣的人綁在身邊，他飛走了怎麼辦？大家都拿不到經費，要讓學院廢掉嗎？

爆料者是用網名，程律師看到貼文後，馬上聯絡了那個人，但對方不願出面。程律師問艾利有沒有辦法駭入平台竊取發文者的位置，艾利拒絕了。

「你喜歡什麼呢？」

如果艾利要換跑道的話，他會全力支持。

『可以說是你嗎？』

「咦？」張綠水一愣。

『可以說，我喜歡你嗎？』

「……」

『對不起，嚇到你了。』

艾利垂下視線，不敢直視螢幕裡的張綠水，『我喜歡你很久了，我不是想把自己的行為合理化，我知道我有很多不對的地方，我真的騙你了……但是，你還是願意幫我，讓我更喜歡你了，怎麼辦？』

「艾利……」張綠水怔怔地望著螢幕，小嘴微張。

但艾利低著頭，沒有看到張綠水的模樣有多誘人。

『對不起，真的對不起，一審也快結束了，應該會有很多東西改變吧？我有這種感覺。但我們的關係……我不知道會變得怎樣……』

因為太害怕了，艾利第一個想到就是切斷視訊，先逃避。

「艾利！」看到對方疑似要伸手，張綠水趕緊大叫，「你不想聽到我的回覆嗎？」

『可是……』

「以後沒有我允許，不准比我先掛電話！」

『我們是在視訊……』

「視訊也一樣！」

張綠水坐起身，完全忘記自己上衣沒穿，剛才是蓋著棉被。現在棉被掉下來，鏡頭不偏不倚地拍到他的裸體。

艾利睜大眼睛……

「我也覺得我們的關係需要一點改變。」

張綠水舔舔下唇，因為嘴唇有點乾，又想到艾利居然跟自己告白了，就忍不住竊笑。這可愛又性感的模樣，全被艾利看在眼裡。

艾利傻住了。

「總之，你先從幫我寫報告開始。」

『喔……好，你把檔案傳給我，你們課程大綱、筆記什麼的，你手邊有什麼都給我，資料越齊全越好。』

「然後，你想一下我們下次約會要去哪裡。」

張綠水忍不住嘴角的笑意，就是覺得很開心。

『我們可以開始約會了嗎？』艾利問得很不肯定。

「不然你想等到簽完結婚證書嗎？」張綠水一秒變臉，又一秒變回來，「對了，你是比較老派的人，可能比較重視儀式感，所以我應該要正式回覆才行。」

『不是你說要我聽回覆的嗎？』艾利的記憶力很好。

「咳嗯，艾利，我也喜歡你，我們開始交往吧！」

『這樣就可以了嗎？』

「不然要簽合約嗎？」

『不是……就是……好像沒有實感……』艾利忽然想通了，『我知道哪裡有問題了，我們應該見面再說。』

「你要說什麼？」張綠水疑惑歪頭。

『就是剛剛那些……我喜歡你，我想要當面跟你說，然後聽你說你也喜歡我，我就可以牽你的手，可以抱抱你了。』

張綠水覺得肩膀涼涼的，這才注意到自己沒穿上衣。他一把抓過棉被，蓋住胸前，「你好色喔……」

『又不是我叫你脫的！』艾利一開視訊，張綠水就蓋著棉被，小露香肩了。

「原來你還想叫我脫嗎？我底下有睡褲和內褲喔。」

『不要把鏡頭移下去！』

「原來你想看上面啊？」

『不是啦！啊啊～』艾利被迫遮住自己的雙眼，聽到張綠水哈哈大笑的聲音。

他最喜歡的就是張綠水的笑容、笑聲了。

第十章

漫長的庭審結束，一審結果公布，許教授因違法藥事法被罰款，理由是在沒有執照的情況下提供醫療指示。

被告律師宣稱，從歷史脈絡來看，早年的鴉片、海洛因也可作為藥物，如今對於AD的研究甚少，況且，打進艾利體內的「解毒劑」已經不是原版的AD，因此不構成施打毒品、濫用藥物等罪名，其餘罪名也統統不成立。

許教授控告艾利毀謗等罪名統統不成立，但程律師這方沒有做出詳細聲明，一行人很快就離開法庭了。

判決結果出爐後，有網友說，這根本就是兩個圈內人在網內互打，圈外人霧裡看花，搞了半天，罪名不成立，等於是官司白打，錢都被律師賺走了。但始終沒有發布聲明的T大校方卻在一審結束後，做出一系列騷操作，跌破吃瓜群眾的眼鏡。

他們開除了許教授。

許教授本來是艾利的指導教授，如今沒有了指導教授，校方便直接指派一名教授去當艾利的指導教授。這位教授火速召開評委會，通過了艾利的資格審查，最後，艾利以一篇研究奈米皮膚修復技術的論文拿到了博士學位，成為人工生命工程學界裡最年輕的博士。

接著，T大校方聘用艾利為講師，又在一個月內又續聘為助理教授。講師可以是學術界以外的人過來兼職，但「助理教授」就表示他正式進入了T大的學術體系，是教授位階裡的初階了。

這一系列的動作都在檯面下悄悄執行，沒有大張旗鼓地發布人事命令，以致於等到學生都知道的時候，學院裡已經多了一位「巴克萊雅博士」了。

多年之後，有人分析這場官司，認為這表面上是師徒翻臉，實則是資本的博奕、企業的角力。

首先，先不論許教授到底做過什麼，許教授是研究「身體」的權威，他開發的義肢、人工肢已經運用在很多領域上，但是許教授始終只能做出局部，艾利可是把整具身體都做出來了，還能同時研究ＡＩ，運用價值比許教授高出許多。

再者，艾利還年輕。艾利師承許教授，許教授能做的事，艾利都能做。投資看的是未來，幕後金主們想要保誰，答案呼之欲出。

一審結果有一個但書，就是許教授要將艾利的證件還給他。

程律師在法庭上宣稱，被告長期扣押著當事人的身分證件，不讓當事人擁有自己的金融帳戶，每個月只給當事人低於基本生活費的零用錢，以此限制當事人的自由，讓當事人沒辦法逃跑。

被告律師的回應是：「這十年來的伙食費、住宿費、學費、書籍費、一對一家教費，還有一大堆雜七雜八的，啊，還有手機費，你們真的要來算嗎？」

這麼多年來，這些錢都是許教授出的，程律師無法反駁。

被告律師輕輕一句「證件？那就還給他嘛」，這件事就落幕了，財產侵佔罪名不成立。

於是，艾利找了一天去教授的宿舍。

教授的宿舍都是家庭房，兩房兩廳或兩房一廳，房租有優待，但許教授的家人沒有跟他住在一起。艾利去的時候，許教授正在打包行李，客廳裡都是一箱箱的實體書。

許教授一看到艾利，二話不說，就把證件拿出來還他了。

身分證和健保卡，艾利看著上面的照片，是他十四歲時的模樣。當時，是許教授帶他去拍照的，證件是許教授託人辦的。

對一個流浪兒來說，偷東西、打黑工是不需要證件的，但是如果要躋身學術殿堂、參加考試，能夠證明身分的東西就是必需品。

他還記得，許教授當時對社工人員說：『我知道這樣不合程序，但是艾利還未成年，讓他進入社福體系，在寄養家庭之間轉來轉去就比較好嗎？如果這過程中，艾利不小心學壞、被送進少年監獄，那人類就會損失一顆寶貴的大腦，妳承擔得起嗎？』

那位社工才剛畢業，還很年輕，根本禁不起許教授的靈魂拷問。

『我會照顧他，讓他跟我一起住在學校宿舍，我那邊有空的房間。』

『唉呀，您真是太有愛心了！太善良了！』

社福機構的長官熱情地握著許教授的手，畢竟城市裡還有很多需要關心的家庭和孩子，他們手上的案件很多，每天都忙不過來，許教授等於是幫他們省了一件麻煩事。

之後，許教授就開始帶他參加各種考試，目標是把小學、國中、大學的同等學歷證明統統考過之後，直接參加人工生命學院的碩士班考試，然後再升到博士班。考碩士之前，他已經考過奧林匹亞數學測驗、各種語言測驗，但可能是時間太匆促，以致於成績都沒有很理想。智力測驗倒是做過很多次，做到他都會背題庫了。

許教授為艾利訂的目標很明確，就是像他一樣，走向研究人工生命工程的道路。艾利並不排斥這條道路，他從來都沒有說過自己討厭生化人或討厭做研究，他只是……

「還不走嗎？」許教授雙手抱胸，沒有想請艾利進門的意思，「難道你是來嘲笑我的？」

「我為什麼要做那種事？」艾利把證件收進口袋。

「不然，你大可叫律師來拿。」

「律師費也是很貴的。」

「不是有綠洲集團的人幫你出嗎？」

「……」

艾利想起自己和張綠水在一審結果宣布後，回到律師事務所——

『真的很抱歉。』

深深的九十度鞠躬，程律師在會議室裡向兩人道歉，主要是對張綠水。

『雖然結果不如人意，但我們可以再上訴。民事的損害賠償結果還沒下來，我認為還有爭取的空間。』

『程律師啊……』張綠水當時的表情很經典，艾利都想拍下來保存了，『我本來以為可以贏的，畢竟這是一家很厲害的事務所，你也是所內推薦的人選嘛！』

『真的很對不起。』

『那，諮詢有打折嗎？哈哈哈……』

張綠水做出一副很困擾的樣子，臉上卻帶著微笑。艾利每次都很佩服，張綠水臉上的表情豐富，可以作為生化人的樣本參考。

張綠水沒有為難程律師，他叫了香檳和自助餐外匯作為慰問品。

『程律師，你不要誤會，我沒有怪你，我是很認同你的實力的，你對客戶很有熱誠，對我們的態度都很好，所以，以後可能還會有需要你幫忙的地方！』

張綠水很會做人，那巧言令色——不，是「好好說話」的模樣，讓艾利看了只能讚嘆，明明都想一拳給人家下去了，還笑得出來。

想起張綠水，艾利臉上就不自覺露出微笑，彷彿忘了許教授還站在自己面前。

「得到財閥的賞識，你很得意嗎？」許教授冷冷的聲音，將艾利拉回現實，「你以為去幫財閥做研究，會比較自由嗎？」

「……不……」艾利囁嚅著開口。

「他們只會為自己的利益著想。為了利益，甚至會竄改研究數據，那種情況你遇過嗎？你會處理嗎？」

「……」艾利默默垂下視線。

許教授握起拳頭，卻只是緊緊握住，「你不過是從這一個坑跳到另一個坑，有什麼好得意的！」

「不管到哪裡都不會有自由，所以才需要生化人，不是嗎？」艾利緩緩抬起了視線，語氣也變得堅毅，「人工生命，是為慾望而生。」

凡妮莎博士的故事，一開始就是許教授告訴他的。許教授說的不是研討會上歌功頌德的版本，而是真實存在過的血腥女爵，一個病入膏肓的絕望之人。

「人工生命承載了人類的慾望，只有生化人被造出來，讓它們去做人類不想做的事，人類才能去做自己真正想做的事。到那時候，才有自由。」

所以，他並不否認許教授的話。

「不管財閥還是學院，不管到哪裡都不會有自由——因為我還沒把生化人做出來啊。」

他瞪著許教授。

或許是被那氣場嚇到了，許教授連連後退。

「我不會讓任何人妨礙我，財閥或學院都一樣！可以利用的資源我都會利用，為了讓人類的文明往前推進三十年……」

剛認識許教授的時候，他曾問過：『你為什麼要對我那麼好？』

都在外面流浪那麼多年了，他看過了很多。突然遇到一個供他吃住的中年男子，他不可能完全不起疑心。

他還記得，至今都還把那一幕印在腦中。許教授把堆滿書的空房清出一間給他，枕頭、棉被是新買的，但他不肯入住。許教授也不勉強他，而是坐在客廳窗邊喝著咖啡。

『因為你是我的同類。』

許教授說話時的寂寞神情，艾利心想，自己應該一輩子都忘不了。

『我不想看到你浪費自己的才華，我也很好奇，你會走到什麼地步……』

艾利當時不懂，現在懂了。

許教授的寂寞從來都沒有變過，甚至還加深、扭曲了，因為他沒遇到一個跟他一起笑、一起編織著夢想的人。

艾利轉身離去的時候，在門關上之前，他瞥見許教授跌坐在客廳的書堆裡，一個人坐困愁城。他跟財閥、跟學院鬥了一輩子，最後卻被他們利用，掃除掉了。

艾利走出宿舍，就看到張綠水。

張綠水拿出手機，定位軟體顯示出艾利的位置。艾利也拿出了手機，是透明螢幕的新機型。這是張綠水送的，但他之後想把手機費還給張綠水，不過要等「講師」的薪水發下來。

他們在彼此的同意下，又把定位軟體裝回去了。

「狠狠嘲諷他了？」張綠水挑眉問。

「當然，我給他最後一擊了！」

艾利故意比出一個拳頭，他笑，張綠水也笑了。

但張綠水是很無言的笑。

「不會弄到又要去找程律師吧？」

「不會，我現在很會做人。」艾利說謊不打草稿，「我的意思是，我現在很在乎人與人之間的溝通，我有在做心理諮商。」

自從身體狀況被檢查出來後，艾利會定期去醫院報到，但是他的狀況是一般的醫生都沒碰過的，只能再觀察。

「很會嘛，你現在也懂心理學了？」張綠水其實知道，艾利不可能對許教授做出太超過的事，不然早就做了，「還好是溝通，不是交流，如果你是說『人與人的交流』，那我就要生氣了。」

「不要一直生氣，會長皺紋喔，人工皮膚還沒做出來，不能讓你換臉喔。」

「我去醫美打一打就好，滾！」

艾利其實知道，張綠水心裡不太舒坦。因為壞人要得到報應才算完美的大結局，但他已經決定不再上訴了，律師費也已結清。

兩人一起走在學院的人行道上，艾利悄悄牽起了張綠水的手。

「……我不想浪費時間在報仇。」

張綠水怔了一下，但隨即與艾利十指相扣，「你這種個性以後會吃虧的。」

「誰吃虧還不知道呢！」

張綠水一轉頭，就看到艾利正望著他，對他微笑。

「因為這個世界還有很多值得探索的地方，人工生命領域還有很多東西可以開發，我等不及去做了。」艾利講話不會吞吞吐吐了，他的眼神溫柔、神情專注，變得非常迷人，「伊韓亞還有很多地方要修。」

「我以為你……不想待在學校……」

走路要看前面，張綠水故意把頭擺正。

「怎麼會呢？」

「因為這裡發生過很多不好的事，你的……你的校園生活都被剝奪了……」

張綠水現在才知道，艾利之前說的都是真的。

艾利只有上過幾天的小學，但他之所以能偷營養午餐、偷書偷得那麼順利，其實是有人睜一隻眼閉一隻眼。艾利沒有上過國中、高中，他沒有經歷過課堂排擠、校園霸凌，當然也沒有被告白或喜歡過哪個學長姊，艾利甚至沒有唸過大學。

他沒有上過通識課，不知道電影鑑賞或藝術鑑賞是什麼東西。他沒有經歷過選課選不到的苦惱，沒有在點名的時候差點踩線。他沒有做過分組報告，沒有參加過形形色色的社團，沒有跟同學聚過餐。

在人工生命學院的教授圈裡，很多人都知道許教授收留了一位天才少年（以前是少年）。研究生很討厭艾利，因為艾利的存在會讓他們意識到自己不過是平凡人，艾利跟許教授的關係也讓很多人誤會。

「綠水，我不是在為他講話，但是沒有許教授，就沒有踏入人工生命領域的我。」

「你現在就是在為他講話，你是不是有斯德哥爾摩症候群啊？」

「你也懂心理學了呢！」

「你還笑得出來！」張綠水故意搥打艾利的手臂，那一口氣積在身體裡，無處宣洩，害他最近快憋死了，「艾利，你真的不會不甘心嗎？」

「以前，我很怕改變。遇見許教授是我人生中最大的改變，我很怕失去他給我一切，我一直覺得我沒有資格擁有那些東西，因為是別人施捨的。」

艾利臉上沒有笑容，語氣卻很平靜。

「但現在，我不怕了，因為我知道自己有能力抓住我想要的東西，不用再等別人給予。」

能力是需要經過培養的，天才也需要打磨才能成器。在艾利心中，他沒辦法想像自己的人生裡從來沒有許教授的樣子，所以，他不認為那是一塊不能揭起的傷疤。

「這樣的改變是你帶給我的，謝謝你，綠水。」

陽光灑落在艾利臉上，灑在他穿著的灰色格紋西裝上。

他的微笑輕鬆又自在，彷彿這些年來壓著他、遮掩他的東西都不見了。但是，當沒有人逼迫他的時候，他還是願意走進實驗室，因為宿舍是臥房，實驗室是書房，研究室是客廳，這整個學院就是他的家。

「你這麼好，我都要懷疑他說的是真的了。如果我一直想跟你在一起，因此怠慢了研究怎麼辦？」

艾利表現得像個情竇初開的少女，用手臂輕輕撞了一下張綠水。

張綠水臉紅了，「這是什麼地獄哏啊……一點都不好笑！」

「律師費我會慢慢還的。」

「哼，你以為我缺那點錢嗎？」張綠水知道，這是艾利很重視他的表現，艾利還很在乎張景瀾的臉色，都是為了他，「你不要勉強……」

「我沒有。」艾利說的是實話，他這陣子都睡得很好，「就算為了你，我也要好好照顧我自己——你知道做研究其實很耗體力嗎？宿舍的健身房每天都客滿，那可不是大家吃飽太閒，是在培養體力啊！」

「……你確定不是你的問題嗎？」張綠水深表懷疑。

自從官司結束後，艾利在校園內的人氣指數就不斷攀升。

「最年輕的博士！」、「背後有財閥支持！」、「官司算什麼，現在是他人生的低谷，以後只會更好啊！」、「聽說他下學期會開課，我已經準備好要搶了～」

風向變得很快。

艾利還是沒有使用社群平台，所以他都沒有親自發文或發過照片、影片，都是別人偷拍他的。尤其是艾利在健身房跑步的時候，有人偷偷開直播，張綠水在底下留言想制止這樣的行為，居然還被罵。

有人拍到艾利穿西裝的模樣。那套西裝是張綠水買的米灰色三件式西裝，後來程律師認為太高調，很難塑造出受害者的形象，所以臨時要艾利換掉。

艾利出庭的時候沒穿，但他走出宿舍時被拍到了，照片馬上被轉發，還一度登上熱搜。張綠水滑到貼文的時候簡直傻眼，這是要怪設計師把西裝做得太帥嗎？

張綠水認為應該是顏色的問題，「下次帶你去買深色的……」

「不要再買衣服給我了。」張綠水沒講主詞，但艾利就是知道張綠水的意思，「我不需要那麼多，最近都不會有上台的機會，你這樣我不知道要多久才還得完。」

「我有叫你還嗎？」

「我真的不需要……你買自己的就好了。」

他比較喜歡看張綠水穿得漂漂亮亮的。

「艾利，我有一種『好像把野獸放出來』的感覺，是我的錯覺嗎？」

走到大鐘樓底下，在運河前面，兩人都不自覺地停下腳步。

他們望著彼此，雙手也牽了起來。

「我覺得不是你把野獸放出來，是你把野獸原本的樣貌還給他了。」

艾利望著張綠水美麗的臉龐，頭慢慢往下低，親吻那嬌豔的唇瓣。

那一吻令人意猶未盡，親了一下就停不下來。

張綠水抱著艾利的肩膀，連綿的吻落在彼此的唇舌上。他們淺笑著，幸福地望著彼此，額頭靠在一起，就像普通的大學生那樣，修著戀愛學分。

艾利記得自己第一次聽到張綠水這個人時，是實驗室的學姊們聊到他。

『他又跟人分手了，這個人一直在跟人家分手，然後拍一些很做作的照片。』

『綠洲集團的張綠水，我有追蹤他耶，他不是只跟有錢人交往嗎？』

『好羨慕有錢人……』

艾利回宿舍後，出於好奇，用手機搜尋了學姊們在瀏覽的社群帳號。張綠水用的是他的本名，追蹤者有二十多萬人，艾利看著那些貼文，彷彿開啟了新世界。

一個分手那麼多次的人，還能樂觀面對人生，如果是他，一定會受不了的，因為他根本承受不了跟愛人分手或被分手的痛苦。

多麼堅強的靈魂啊！

靈魂……

艾利突然靈光一現！靈魂跟身體不應該分開，ＡＩ跟生化人的身體不應該分開研究，ＡＩ透過不斷的挫折與學習，它會進化。將來，它可以做到比大數據、演算法、用圍棋打敗人類還要厲害的事，它可以成為靈魂，讓虛擬世界化為可能。

計算式彷彿在艾利眼前展開，線條和數字不斷變形，最後展開成一片「美麗新世界」。

而且張綠水長得那麼漂亮，光是看著他，就讓艾利心情很好。苦思多日後，他還是註冊了一個假名帳號，專為張綠水點讚。

「對了，那篇報告怎麼樣了？」艾利突然問，「你交了嗎？有通過嗎？」

「唔……」

張綠水一想到那件事就很苦惱，他的心情都表現在臉上了，讓艾利不禁擔心起來。

「不行嗎？你會被當嗎？那怎麼辦？你大哥前幾天才來找我，說如果我可以讓你平安畢業的話，他可以考慮讓我們政治聯姻。」

張綠水瞥來一道嫌棄的眼神，「你當自己是財閥後代嗎？還跟你聯姻……」

「你不想跟我結婚嗎？」

「不是！我們才交往幾天，講結婚的事會不會太早了？」

跟值樹那時候不一樣，張綠水的粉紅泡泡都破光了，但跟艾利在一起還是很開心，他不否認這點。

他只是不想被艾利討厭，想要務實一點，朝自己的目標前進。

「總之，我報告交了……」

艾利看著他的臉色，在等他的反應。

「不會被當。」

「啊～」艾利鬆了一口氣，「可是，你怎麼不開心呢？」

「你那篇報告根本不是大學生的等級！教授都發現了！我不是叫你從網路上剪下、貼上就好了嗎？你到底寫了什麼？」

「因為我寫一寫覺得還滿有意思的，大概就像你寫小說的時候會有靈感……對不起……我下次會注意……」

「哼！」

張綠水頭一撇，想起自己被叫去教授辦公室的經過。

教授多給張綠水一次機會，用額外的一份報告來彌補他的出席率，這樣就會讓他通過。教授已經很放水了，他不預期張綠水會寫出什麼長篇大論，但至少要表現出誠意，沒想到，張綠水居然找槍手，找的還是傳說中的「巴克萊雅博士」。

教授為什麼會發現？因為張綠水根本沒有把檔案打開，用自己的電腦另存一份新檔，直接把艾利傳來的檔案轉寄給教授。教授從檔案預設的作者名稱發現，是C-set實驗室。

教授一開始滿頭問候，C-set實驗室？這是哪裡？後來問了幾個學生、滑了滑張綠水的社群貼文，看到張綠水在法院外的自拍，還附上文字：今天一定要贏！

或是遠遠拍程律師的背影，標註：＃人家已婚＃育有一子。

照片裡都沒有拍到艾利，有拍到邊邊角角都打了馬賽克，但有眼尖的學生發現，張綠水在法院外自拍的日期都是艾利出庭的日期。

傳聞馬上就在商學院的群組傳開了。原來巴克萊雅博士背後有綠洲集團，張綠水跟艾利是有關係的！那只要透過張綠水就可以聯繫到艾利，於是，教授們一致決定，把「博士」拉攏到商學院！

『反正他還很年輕，多唸一個MBA（企管碩士）又不會花他多少時間，叫他過來，我來當他的指導教授，呵呵。』

『……』張綠水無言。

──艾利是我一個人的，怎麼可以讓你們瓜分呢？

「艾利，要一直跟我在一起喔。」

張綠水摟著艾利的手臂，兩人沿著運河散步。

「嗯。」艾利點點頭。

但比起張綠水摟著他的手臂，他比較喜歡摟著張綠水的肩膀，兩人互相依偎著。

「直到世界毀滅的盡頭，也要一直跟我在一起喔！」

艾利拉起張綠水的手，親吻張綠水的手背。

「放心，世界不會毀滅的。我會保護這個世界，讓你每天都開開心心。」

──全文完

後記

很高興在後記見到你，謝謝你閱讀本書！也謝謝朧月書版的合作伙伴們和繪師白夜老師，有大家的努力才有這本書的誕生。

這本書寫到後面其實有點超出我的大綱，明明前面還很甜蜜，後面就突然急轉直下，好像掉下懸崖。

我一開始本來就規劃要寫甜文，雖然我也不確定這樣算不算甜，但是我有盡量讓張綠水可愛、天真、不會想太多。但是想一想又把煩惱的那一面表現出來了，想要寫出在校園裡談的純純戀愛，雖然我並沒有那樣的經驗QQ

我寫之前其實還滿煩惱的，因為我的現實生活沒有過得這麼歡樂，所以我很擔心角色也會歡樂不起來，可是後來我發現，寫這樣的角色好像也讓我感受到了他們的歡樂、甜蜜，那種和對方在一起就很開心的感覺。這個過程也療癒了我自己，所以我非常珍惜有這樣的創作機會。

正文中比較少描寫到的是艾利跟許教授的感情，其實我一開始有想過，這對師生是不是要設計一點不倫的關係？但後來覺得這樣會讓故事變得更複雜，就把這條支線拿掉了。

後來我想一想……

他們兩人本來就是不能在一起的，先不論年齡差太多，許教授是受啊！一本書裡面怎麼可以有兩個小受呢？

所以他的心聲應該是這樣：我年輕的時候沒有遇到對的人，眼看就要年華老去，好不容易遇到艾利，可是他還小。好不容易等到他長大，按照我的意思培養成高帥（沒有富），結果居然被你一個妖豔賤貨搶走，氣氣氣氣氣！

不，這太地獄哏了，搞得我好亂。

講正經的，我們人類的大腦很奇妙，但有時候它又像不會轉彎的機械。舉例來說，故事中有一幕是艾利在服飾店突然哭了，我不想在故事裡放太多解釋，但我有寫出線索，店裡有一股香水味，剛好，在許教授的橋段裡，也有寫到他身上也有香水味。

這是真實可能在現實中發生的狀況，我們聞到了某一種味道，大腦會找出過去曾經發生這個味道的記憶，如果這個味道帶來不好的回憶，並且勾起某些情緒（通常是負面的），那我們的身體也會做出相對應的反應，或者是「不知道如何反應」的反應。

你可能會問，大腦有這麼笨嗎？它沒辦法分辨自己當下在什麼環境？以故事劇情來說，艾利沒辦法分辨許教授不在現場嗎？答案是肯定的，有時候大腦就是這麼笨，所以我們才要訓練它。

對不起，應該是說，我們的大腦有時候就是反應太靈活了。艾利對許教授心生恐懼，這股負面情緒已經跟香水味連結在一起，所以當他聞到同款或類似的香水味的時候，他的大腦會勾起這段記憶，然後準備為他做出相對應的反應，可能是恐懼、想要逃跑、躲藏、哭泣等等。

雖然他知道自己在服飾店、跟張綠水在一起，但他的大腦已經產生了錯亂，他可能沒辦法控制或意識到大腦裡發生了什麼事，眼淚就不自主地掉下來了。

對過去有不好的回憶，並不代表未來不能改變。我認為改變大腦的思考模式，把這個連結切斷或重新塑造都是有可能的。

所以，艾利就多聞聞張綠水身上的味道吧，愛人的體香可以勝過任何的香水味，讚！

艾利希歐・巴克萊雅跟張綠水，這兩個角色也是輕小說《我從遊戲中喚醒的魔王是廢柴》（三日月書版出版），裡面主角的**爸爸**和**媽媽**。艾利跟張綠水最後結婚了，領養了一個孩子，《我從遊戲中喚醒的魔王是廢柴》就是在寫這孩子的故事，艾利和張綠水也有短暫出場，他們的個性都徹底成長，變化很多。

張綠水成為小說家，在蓋遊樂園的時候，艾利也有參與。畢竟艾利可是現代達文西，工程數學、建築學、地質學、土木工程等等他都會。

艾利沒有在學術界待太久，因此他廣為人知的稱呼是「巴克萊雅博士」，不是「教授」。艾利會進入遠山空軍基地工作，並在綠洲集團的支持下組建極樂世界公司，專門研發和生產生化人。

艾利認為自己不適合當爸爸，因為他不知道一個好爸爸長什麼樣子，但張綠水想要孩子。抱著支持張綠水的心態，他還是答應領養孩子了，孩子的名字就叫做萬尼夏（這可能是他們那個時代的菜市場名XD）。

輕小說的結局怎麼樣呢？就留給大家去探索。

再次感謝你的閱讀，我們下個故事再見。

子陽

二〇二二年　春

高寶書版集團
gobooks.com.tw

FH 037
與野獸的戀愛學分

作　　者　子　陽
插　　畫　白夜BYA
責任編輯　陳凱筠
封面設計　林　檎
內頁排版　賴姵均
企　　劃　方慧娟

發 行 人　朱凱蕾
出　　版　朧月書版股份有限公司
地　　址　台北市內湖區洲子街88號3樓
網　　址　gobooks.com.tw
電　　話　(02) 27992788
電　　郵　readers@gobooks.com.tw（讀者服務部）
傳　　真　出版部(02) 27990909　行銷部 (02) 27993088
郵政劃撥　19394552
戶　　名　朧月書版股份有限公司
發　　行　三日月書版股份有限公司/Print in Taiwan
初　　版　2022年8月

國家圖書館出版品預行編目(CIP)資料

如鑽石閃耀的你/子陽著. -- 初版. -- 臺北市：朧月書版股份有限公司, 2022.07
面；　公分. --

ISBN 978-626-96111-6-4(平裝)

863.57　　111007973